草原诉说

姜波 著

山东教育出版社

图书在版编目（CIP）数据

草原诉说 / 姜波著 . — 济南 ：山东教育出版社，2020.8

ISBN 978-7-5701-0971-5

Ⅰ. ①草… Ⅱ. ①姜… Ⅲ. ①随笔－作品集－中国－当代 Ⅳ. ①I267.1

中国版本图书馆CIP数据核字（2020）第021169号

CAOYUAN SUSHUO

草原诉说

姜 波 著

主管单位：山东出版传媒股份有限公司
出版发行：山东教育出版社
地址：济南市纬一路321号　邮编：250001
电话：（0531）82092660　网址：www.sjs.com.cn
印　　刷：济南龙玺印刷有限公司
版　　次：2020年8月第1版
印　　次：2020年8月第1次印刷
开　　本：710毫米×1000毫米　1/16
印　　张：8
字　　数：85千
定　　价：58.00元

（如印装质量有问题，请与印刷厂联系调换）印厂电话：0531-86027518

彩虹的故乡

1=F 4/4 2/4

♩=16 深情地

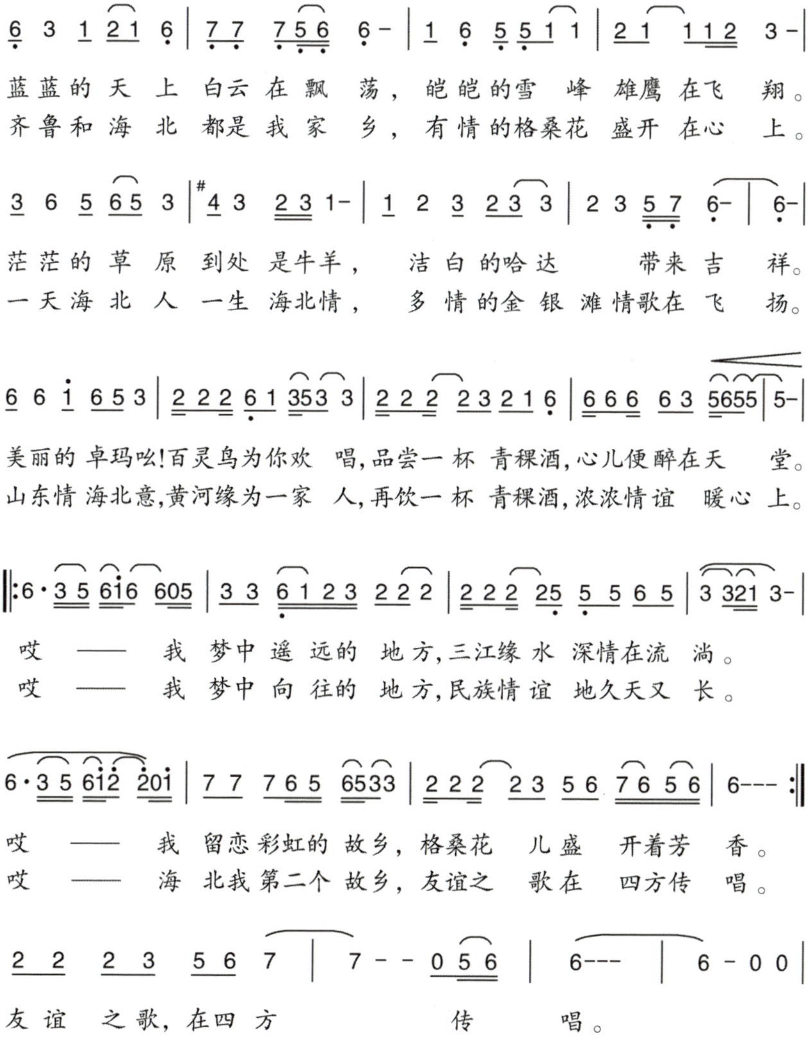

姜 波 张爱萍 词

胡 平 曲

6 3 1 2 1 6 | 7 7 7 5 6 6 – | 1 6 5 5 1 1 | 2 1 1 1 2 3 – |

蓝蓝的天 上 白云在飘 荡，皑皑的雪 峰 雄鹰 在飞 翔。

齐鲁和海 北 都是我家 乡，有情的格桑花 盛开 在心 上。

3 6 5 6 5 3 | #4 3 2 3 1 – | 1 2 3 2 3 3 | 2 3 5 7 6 – | 6 – |

茫茫的草 原 到处 是牛羊， 洁白的哈达 带来吉 祥。

一天海北 人 一生 海北情， 多情的金 银 滩情歌在 飞 扬。

6 6 i 6 5 3 | 2 2 2 6 1 3 5 3 3 | 2 2 2 2 3 2 1 6 | 6 6 6 6 3 5 6 5 5 | 5 – |

美丽的卓玛呦!百灵鸟为你欢 唱,品尝一杯 青稞酒,心儿便醉在天 堂。

山东情 海北意,黄河缘为一家 人,再饮一杯 青稞酒,浓浓情谊 暖心 上。

‖: 6 · 3 5 6 1 6 6 0 5 | 3 3 6 1 2 3 2 2 2 | 2 2 2 2 5 5 5 6 5 | 3 3 2 1 3 – |

哎 —— 我 梦中 遥 远的 地 方,三江缘 水 深情在流 淌。

哎 —— 我 梦中 向 往的 地 方,民族情谊 地久天又 长。

6 · 3 5 6 1 2 2 0 1 | 7 7 7 6 5 6 5 3 3 | 2 2 2 2 3 5 6 7 6 5 6 | 6 – – – :‖

哎 —— 我 留恋 彩虹的 故乡，格桑花 儿盛 开着芳 香。

哎 —— 海 北我 第二个 故乡，友谊之 歌在 四方传 唱。

2 2 2 3 5 6 7 | 7 – – 0 5 6 | 6 – – – | 6 – 0 0 |

友谊 之歌，在四 方 传 唱。

党的好干部

1=F $\frac{4}{4}$

姜 波 词
蒋 舟 曲

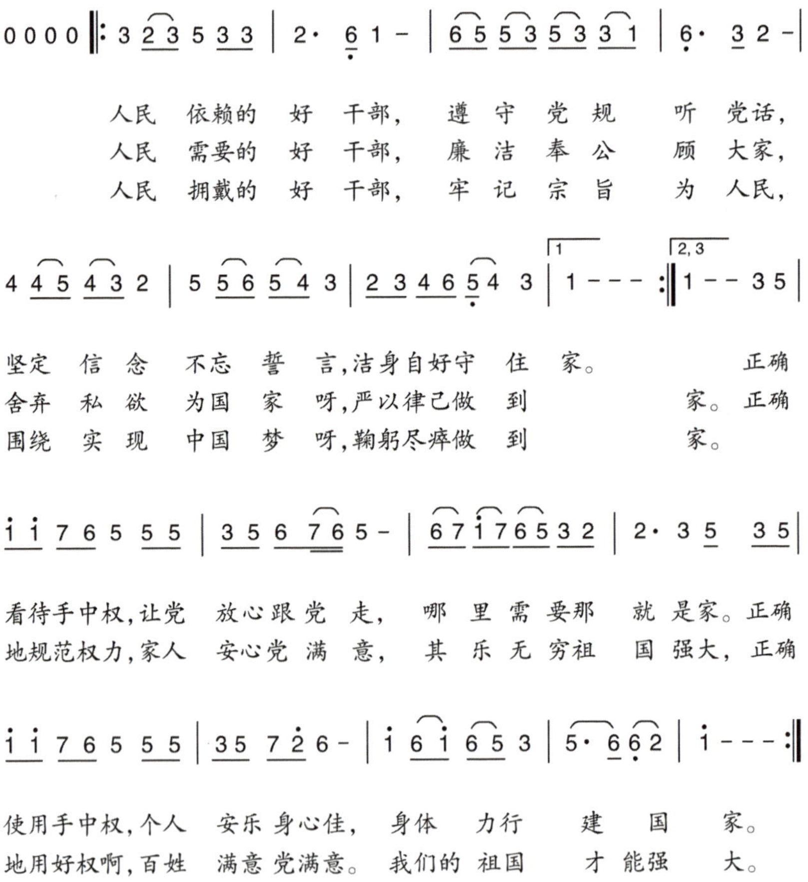

0 0 0 0 |: 3 2 3 5 3 3 | 2· 6 1 - | 6 5 5 3 5 3 3 1 | 6· 3 2 - |

人民 依赖的 好 干部， 遵 守 党 规 听 党话，
人民 需要的 好 干部， 廉 洁 奉 公 顾 大家，
人民 拥戴的 好 干部， 牢 记 宗 旨 为 人民，

4 4 5 4 3 2 | 5 5 6 5 4 3 | 2 3 4 6 5 4 3 |[1] 1 - - - :|[2, 3] 1 - - 3 5 |

坚定 信 念 不忘 誓 言，洁身自好守 住 家。 正确
舍弃 私 欲 为国 家 呀，严以律己做 到 家。 正确
围绕 实 现 中国 梦 呀，鞠躬尽瘁做 到 家。

1̇ 1̇ 7 6 5 5 5 | 3 5 6 7 6 5 - | 6 7 1̇ 7 6 5 3 2 | 2· 3 5 3 5 |

看待手中权，让党 放心跟党 走， 哪 里 需 要那 就 是家。正确
地规范权力，家人 安心党 满 意， 其 乐 无 穷祖 国 强大，正确

1̇ 1̇ 7 6 5 5 5 | 3 5 7 2̇ 6 - | 1̇ 6 1̇ 6 5 3 | 5· 6 6 6 2 | 1̇ - - - :|

使用手中权，个人 安乐 身心佳， 身体 力行 建 国 家。
地用好权啊，百姓 满意 党满意。 我们的 祖国 才 能强 大。

目录
CONTENTS

写在前面的话

《草原诉说》，是三年援青的随笔，也是对青藏高原的纪念。云雾迷蒙的三年时光，只能从残缺不全、支离破碎记忆的碎片中，捕捉几道踏雪鸿踪，作为自己今后人生轨迹中永久的印记。

面对轻盈路过的青藏高原，我的笔墨没有方向感，没有计划，更无心要去当一个作家，只是随兴所至，有感则发。用岁月沉淀下来的感悟，抒发一下自己情感的积累。

经历了五十多年的人生风雨，我不像有钱人那样养尊处优，更没有把人生价值追求定位在荣华富贵上，而是以风的洒脱笑看沧桑，以云的飘逸看淡过往！

对于善于用思想走路的我来讲，遇事勤于思考是驾驭人生之路的基本功；客观认识事物和分辨人品是成熟的标志；低调而不是低能地做好分内工作，是大智慧的体现。每个人来到这个世界都各有所求。有的人可能私欲重些，追求自我，走得累！有些人活着总替别人着想，淡泊名利，走得轻松。而把人生值得纪念和留恋的彩虹用文字记录下来，则是一种精神享受。写作是探究和质疑自己生活、工作的方式之一，它让我获得更多的精神寄托，不断为自身时常生锈的零部件注油保养，以保持旺盛的精力和活力，避免精神随着时光衰老。

即使读者不去看我发表在纸上的东西，我也需要和自己的内心交流，我在笔下实现了这个目的。写作的人可能都有这样的体会：对于自我以外变化着的一切，虽然时时有所察觉，但一般来说都是随机的、朦胧的、零碎的或是偏颇的。写作的过程就是自己和自己较劲的过程：质疑自己或是鼓励自己，反驳自己或是说服自己，矫正自己或是补充自己。在这个过程中，朦胧可能变为清晰，零碎可能变为完整，偏颇可能变为公允，但也有可能最终劳而无功。在这样的历练过程中，我饱尝写作之苦，也享受写作之乐。

我没能放下写作的另一个原因是“技痒难熬”。一个人一旦掌握了方块字的堆垒技术，很容易成瘾、成癖，这跟有些人打乒乓球成瘾是一个道理。每有所得，即欲命笔。而一旦进入写作，很快会为汉字排列组合的妙趣陶醉，甚至沉溺其中不能自拔。越是如此越会发现，汉语艺术境界之高妙，如一条风光无限的小路，看近处，繁花迷径；望远处，山影重重；入之愈深，所见愈奇，却永远走不到尽头。

会有一天，由于文思枯竭或精力不敷，我将放弃写作。到那时，我会把写作的欲望打成一个包袱，垫到枕头底下，让它陪伴着我的梦，“跛者不忘履，盲者不忘视”。

情醉海北

2013 年 7 月，怀揣近 20 年的憧憬，沐浴着亲朋好友的祝福，我乘着“援青号”这艘迟来的“航船”，踏上了有着“黄毯悄然换绿坪，古原无语释秋声”美丽之称的青藏高原，开启了为期三年的事业旅行。按照青海省委、省政府的安排，我来到青海湖北边的海北藏族自治州这处目的地。我听说海北州历史悠久，那里天空湛蓝、草原宽阔、群山蜿蜒；每逢夏季，门源盛开的油菜花在草原绿地毯的衬托下，才能显现出传说中“门源油，满街流”的美誉；而有着“东方小瑞士”美名的祁连山脚下更是被人称作天然牧场；海晏的金沙滩，刚察境内被称之为大藏区眼睛的青海湖，就这样勾勒在我的脑海、我的心中。当我魂牵梦绕、牵肠挂肚的高原和广袤的草原展现在我的眼前的时候，在内地只有传说中才知道的美丽醉人风光的草原已将我融化，当被称为中国高山三大名花的杜鹃花、报春花和龙胆花呈现在我的眼前的时候，我为自己果断的抉择感到庆幸。

据当地人介绍，二十年前，海北州交通尚欠发达，从西宁出发，一路上都是蜿蜒崎岖的山路，道路一面依山，一面临水，左边是陡峭的山崖，右边是奔流不息的河流。大巴车途经颇多小山村后，经三四个小时的路程才能到达海晏县西海镇，就是现在的海北藏族自治州州委、州政府所在地。当我的视线一进入高山、草原，心中的视野顿时打开，只见眼前一片莽莽苍苍的大草原犹如绿色的地毯，各种千姿百态的鲜花将高原点缀得生机盎然。迭连起伏的山脉在强烈阳光的照射下巍然耸立，似骤起的空中楼阁让人感到美如画卷。高原的天空有时湛蓝如大海，让人感觉自己好似倒立在海面上的身影，使人如痴如醉。有时天空中飘着几朵苍狗白云与天空相映成趣，构成一幅精彩的画面，使游客流连忘返。而七八月份的绿色草原，对食草动物们来说可是黄金季节，它们盼望着一年此时的到来，就

像我们小时候过年盼着老人能买点鲜肉包顿饺子的心情。草原此季到处充满一幅“天苍苍，野茫茫，风吹草低见牛羊”的美丽风光。而现在的牧民有的骑马放牧，有的骑着摩托车放牧，甚至开车放牧的也屡见不鲜。看到他们满带微笑充满幸福的脸庞，在自家几百亩草原上兴高采烈地驱赶着牛羊，时而唱着自编的草原民歌，歌声高亢悠扬，回旋飘荡，时而舞性大发，载歌载舞，让人心动不已。我被高原山水所迷恋，我被草原的宽阔所陶醉，我更为来到这心静如水的环境而庆幸。

海北州的山山水水，如到处布满的流泉飞瀑、潺潺溪水让我耳目一新。无论是海晏的金沙滩还是刚察的鸟岛，无论是门源的仙米森林公园还是祁连山脉的金牛山，处处显现出绿色植被丰饶繁茂，满山的迎客松迎风招展，对游人热情似火。微风徐徐，飘飞的云朵曼舞在空中，青海湖水面上落英缤纷。这画面如一叶一叶小小的高原藏红花，游荡在我的心中。我忙将镜头定焦在这如画的风景中，也将这幅靓丽独特的风景绽放在我的心中。

此时，我仿佛听到了一曲熟悉的乐曲《在那遥远的地方》，向着音乐响起的地方走去，王洛宾纪念馆浮现在我的身旁。噢！民歌之王也坐落在海北州西海镇上，与我们朝夕相处三年。这位用坚定的信念支撑一生音乐创作、创作近千首民歌、具有传奇色彩的民歌之王，他那脍炙人口的浪漫爱情歌曲激励了一代又一代华夏儿女。这音乐与高原、草原交相辉映，犹如昆仑山一颗明珠镶嵌在海北的碧水青山间，令人如醉如痴。

美丽的海北，如轻盈飘逸的彩虹，让我迷恋；你像一幅天然的画卷，似人间仙境，让我魂牵梦绕。在这里，你奇山秀水、旖旎风光，伴随着我援青的脚步走向前方。

感恩的“格桑花”

海北高原的周末是寂静的，人员稀少，也很少有内陆城市中的纷乱嘈杂声和车水马龙的场景。

每到周末，州直机关的同志多数已离开海拔 3200 米、被当地人称为“短氧层”的西海镇，回到海拔只有 2000 多米的西宁与家人团聚，借机也给自己补充一下氧气，以避免退休后，身体的“后遗症”拖累家人。这就使原本人口稀少的小镇显得更加宁静、安详，对于喜欢恬淡沉静的我来讲倒是一种惬意和享受！

秋天高原的清晨，秋高气爽，湛蓝的天空，如同一望无边的大海，令我如痴如醉。

沿着海北西海镇寂静的街道，怡然自得地漫步思索，独自欣赏着陌生的周边景致。人迹稀少的小镇，小巧精致，纤尘不染。街道的两旁绿树浓荫，干净得令人赏心悦目。沐浴在充足的阳光下，我仿若闲庭漫步在被世人遗忘的世外桃源中，沉浸在朱自清《荷塘月色》的心境中。

秋季的高原如靓丽的少女，花颜月貌，如花似锦。时常吹来阵阵凉爽的秋风，给高原送来百花的缕缕花香，花香中携带的养分，与高原气流融合成带氧的气流，透过我那单薄的秋装，给我送来阵阵舒适的营养。

沉浸在高原氛围的我，不知不觉来到了路边的花坛。品种繁多的鲜花百花齐放，在太阳的照耀下，显得饱满艳丽。尤其是那各种颜色的格桑花，如同穿上了56个民族的服饰，对我表达着深情的祝福！来高原之前，我就听说过青藏高原格桑花美丽的传说。

在藏语中，“格桑”是幸福的意思。它是一种生长在高原上的普通花朵，杆细瓣小，看上去弱不禁风的样子。可风愈狂，它身愈挺；雨愈打，它叶愈翠；太阳愈曝晒，它开得愈灿烂。它就是寄托了藏族期盼幸福吉祥等美好情感的格桑花。藏族有一个美丽的传说：不管是谁，只要找到了八瓣格桑花，就找到了幸福。

所以，来到高原的海北州，最想见到的就是有着吉祥象征的格桑花！

我仔细端详着不同色彩的格桑花，它们的花瓣均向着太阳齐心地绽放，在与太阳心有灵犀的传递中，静静地表达对太阳抚育之恩的感激之情！它们身着不同花色的舞裙，如同在高原的舞台上翩翩起舞，为援青干部展现着婀娜多彩的舞姿，诉说着它们在高原的幸福历程！

感谢太阳！是您，用那无私的温暖，哺育了我们，让我们在高原上破土发芽，孕育出我们精彩的生命。

感谢太阳！是您，使我们远离世俗，静静地绽放在那寂寥的高原上，美而不娇，柔弱而不失挺拔，尽情地展示着自己的个性。

感谢太阳！是您，用无私的温暖使我们扎根荒野，任凭凛冽的风雨吹打，仍坚贞不屈。再狂的风，也不能折断我们迎接春天的手臂；再大的雪，也不能覆没我们寂寞中的芬芳灿烂；再暴的雨也不能改变我们无争无畏的品格。

“格桑花”于无声处的品格，使人联想起我们的援青干部，他们不正是承载着党和人民的信任和嘱托，撒在青藏高原上的一粒粒种子吗？希望我们也能像这“格桑花”一样，尽情融入扎根在高原的土地上，在党的光辉的温暖哺育下，披荆斩棘，茁壮成长。

我们要拥有“格桑花”顽强的生命力，克服高原缺氧与寂寞，

时刻铭记肩负的使命，用顽强的毅力和责任感，完成好党和人民交给我们的援青的光荣任务。

我们要以原子城老一代科学家为榜样，为了挺起中国人的脊梁，实现新中国军事强大的梦想，无私地献了青春献子孙！虽然我们身处的时代不同，但使命相同。

为了实现“中国梦”的目标，让我们与少数民族同胞肩并肩地工作、学习和生活。在工作中要有“下马看花”的精神，身接地气，努力学习，扎实工作，让“语言朴实、作风务实、工作注重落实”的三实之花开在少数民族的心中。

我们要怀有“格桑花”的感恩情怀，感谢党和人民给予这次“静心做事，诚心待人”的思考、总结、净化心灵的难得机会，待到离开高原的那一天，要像“格桑花”那样，带着高原的高度、祁连山的深度、草原的宽度，奉献着一世的美丽，无怨无悔！

高原雪

在青藏高原，五月的雪总是那么让人猝不及防、不期而遇而又盛开在援青干部的心怀里。宛如经久不散的乡思，情到深处时便如决堤般向亲人们倾诉。

家乡济南已是初夏时节，青葱的枝叶为大地披上了绿色的盛装。而青藏高原，却还如孩童的面孔，气候尚没有稳定下来。一天有四季的高原气候让我感受到这里的独特。天气晴朗时的暖风，因追逐芬芳而微醺。阳光的手掌抚摸着大地让春意盎然，温暖的气息四处漫溢。

然而，往往你会在某一个早晨醒来，推开窗时，惊奇地发现，闯入眼帘的是一望无际的白色原野。远远望去，对面山梁上呈现出几道冰冻皱褶，那斑斑驳驳的凹凸给人强烈的视觉冲击。凹下去的似人倒立中的身影，凸起来的则似艺术作品。

走在苍茫的天地间，飘然而至的雪花，如点点滴滴的碎片轻拂过我的面颊，像是在嬉闹中提醒我：这就是高原气候，跟着高原气候的感觉走吧。雪过后，高原的太阳用强烈的紫外线照射着，让你不得不撑起遮阳伞，以免回到家乡被人们诧异地当成“高原红”。

风多情，云也缱绻，春雪后高原的阳光灿烂无边，组合成一道靓丽的风景。

春雪过后的草原，牧民用牛粪和土疙瘩垒起的灶头升起了袅袅炊烟。火舌卷裹着锅里的美食，发出牛羊肉味道的清香，勾引起路人的食欲。豪放刚烈的牧民划拳的嗓门，时而高亢，时而低沉，为粗犷的高原营造出一种独特的音乐背景。

春雪过后，天空中飘荡起厚厚的、层层包裹着的白云。云朵爬上了一片浅绿色重峦叠嶂的山脉。这是高原的五月，虽然还时有雪花绵绵的钟情，但春的气息使各种植被耐不住寂寞，展现出生命的活力，那活力的强劲和恒久不容置疑，给人以深深的震撼。

不远处，躲藏在草原里的鼢鼠、犬鼠还有野兔，正在雪后阳光的温情里调皮地戏耍、觅食。也许是人的到来打扰了它们的世界，它们多变的表情中居然带上了些羞涩。

高原的心事，在冰雪融化中惴惴地醒来。

援青的勇士都是大自然的回音壁吗？心怀因被高原情感注满而渴望付出，情怀因被高原倾情撩拨而充满憧憬。这份回响却又是那么的与众不同——所有心揣高原美丽情怀的人和事，都会融入这春雪，都会成就梦想。

品尝高原春雪的滋味,承载着的是一种怎样的怅惘啊！怀想中，多么想和它在欢歌笑语中期遇明天，而不仅仅成为一种日渐遥远的记忆。

高原雪，流淌在援青干部的血脉中。

淡然人生写华章

窗外，高原的深秋，颇有几许家乡济南的味道。远望前方，回眸过往，我业已收获五十载人生的春华秋实了！草原绵延起伏的山脉，已被数日飘洒纷扬的积雪勾画得格外明媚亮丽，彰显出一派秋日的璀璨生机。我的心也随之亮丽起来。

高原的季节一如它的个性简单而执着，只有冬季和夏季。人生也应如高原一般，将心变得简单，一切皆顺应自然！夏天，大地万物把高原点缀得美丽热烈，绚烂无比；而冬季清寂的却只有风与雪相伴，雪与风相随。耸立千万年历经无数的高原，心境早已从容，早已淡定。淡定得如此自然，淡定得如此简单，淡定得如此美丽，淡定得如此执着！

随着岁月的交替、四季的轮回，山脉和草原如同人类一样，不断改变着自己的服装。偷得浮生半日闲的惬意，流转于四季疲惫的心，安放在时光的流年里静静停歇。高原花朵的种子已被一场又一场晚秋时节纷至沓来的风雪惬意裹挟着，随风找寻一个角落贮藏起来。它们在默然等待来年的春天，待冰消雪融、万物复苏之时再破土而出，绽放生命，争奇斗艳，吐露芬芳。生命就在这不断的生生息息中愈见质朴，在静中愈见真意，在淡中愈识本然。于繁华处可独守清凉，于纷芜处能静心养性。人生如花朵，只有不断注入新鲜的活泉，心灵之花才能不断盛开，花香才能长久弥漫心田。任红尘纷扰，心自清风，月自明朗。

高原孤独寂寞的日子，我用西北文化的底蕴，绘一曲云水禅心，在高原岁月的平仄中，体味时光的冷暖。将一颗心婉约在叠峦起伏的山脉、草原和三江源头历史的长河中，破解寂寞的清凉，感受天然风光的缠绵，体味孤独的静美。孤独充实的光阴，如顷刻间品茗一杯绿茶，淡而清香，余味绵柔。它犹如开悟者的心境，“应

无所住而生其心”。高原犹如孤独者的家园，让我心静，从容于心，淡定于行。它更像是一份厚重的书简，让我将远行视如修行。它充满睿智的余光，让我透过人间过眼烟云，理解了智慧的彼岸就是空镜。它如同镜子反映万物一样，无论境遇如何变化，不去想它怎么来，不追问它去了哪里，只有参与变化的行为，而没有行为的那个我存在。

浅白时光，花影微凉。我独自沉寂在高原中，如岁月飘逸的游子，依着月色，聆听心曲里家乡的灯火阑珊，感受风与花香的缠绵，体味雨打窗棂的静美，让心静静停泊，在缕缕书香里浸染，与你隔空邂逅。那温婉如水的情怀，渐渐融化成一份薄雾轻纱的乡思，透过我的指尖发梢，落入家乡泉城荷风柳烟的眉间，婉转成一抹漱玉泉畔婉约的眷恋。轻拾一抹花蕊的清香，在你清澈的眸光里，听风呢喃；在心的怡然明净中，书写情话，待冬雪纷飞的日子寄于你，

这又何尝不是一种温暖的期许？更何尝不是“生当作人杰”一样的豪放情怀？

高原的寂静，使我享受着远离城市喧嚷快节奏压力带来的快乐。在缭绕腾起的清雾中品茗茶香，安逸地静坐思过，如同寺庙中的僧人，潜心诵经。在袅袅的轻纱薄雾间，流连在浸着茶香的书香里，岂不美哉爽哉？信手拈来西北高原历史的书籍，让自己的灵魂走进源远流长的青藏文史长河，在亘古素馨的文字世界畅游采撷！那些流年岁月的沧桑顿悟，那些历史丰满的情怀一字字、一句句，字字句句珠玑般镶嵌在记忆的章节中。独处幽静，天籁无声，放弃自我。重温岁月的余晖，感悟现代的真谛，岂不善哉？

高原因万物的衬托而丰盈，生命因有情而温暖，高原因自然而充实，生命因无欲而生香。人生白驹过隙，要不断地在生命前行中顿悟，在顿悟中开花。要用心静的思维滤清人生的得失，要用总结

的智慧引领前行的航程，要用提炼的本领结出人生精彩的硕果。

人生就是一次旅途，行进中必定要历经山山水水，但在艰辛跋涉的行程中，行者也收获着风光无限的美好风景！把人生跋山涉水的艰辛，演变为难得经历的人生财富，终将化为人生博彩的乐章。人生无论经历多少磨难，都要用风的洒脱笑看沧桑，以云的飘逸轻盈淡泊人生，透过指间的光阴，淡看流年烟火，细品静好。只有坚持，只有淡然，才会生出“会当凌绝顶，一览众山小”的无穷智慧。

岁月的流转如花开花落，有散有聚，周期轮回。它伴随着我漫漫人生路，走向新的里程碑。我承载着以往的情感痕迹、事业版图和成长足迹，历经了多少的理解、宽容与迁就，逐渐走向人生的下一个彼岸。相聚是一种缘分，离别又何尝不是？只不过离别之缘是相聚之缘的一种感受而已。往事穿越时光，沉淀了多少美好；蓦然回首你已不在灯火阑珊处。事业的航船总是会给生活留下许多遗憾，或许生命的美好，就在于事业与生活的合奏，奏响了一曲别样的生命凯歌。

高原与散文

每个人在理解“命运”一词时，都有不同的感受。刻意地追求好运的时候，它总是擦肩而过，感觉总是绕着走。当期待着与心目中的偶像相遇时，它却在另外的时间让你们相识。我和散文就是在高原相遇相识。

我从小就很喜爱散文，像朱自清的《荷塘月色》、冰心的《往事》等。每当看到文坛大家写的精彩的散文，我总是爱不释手，更是从心底佩服散文家，能把生活总结得那么精炼、精确、到位，那么富有哲理，给人以启迪。

散文，形散神不散。写好散文光有激情还不够，还要有丰厚的阅历和悟性，更要具备善于总结和精准提炼的勤奋和本领。

2013 年 7 月，命运之神给了我一次与青藏高原接触的机会。不但实现了我多年写作夙愿，更圆了我走进高原的梦想，让我看到了生活在高原上的牧民、牛羊，还有绿草如茵的广袤草原。面对广袤无垠的被青草覆盖的原野、寸木不生青石嶙峋的山峰、湛蓝的天空和凝滞的云团，这风景如画、景色迷人的画卷，让我情不自禁地想用散文记录下这三年的高原情怀。

高原、雪山，来到了这里才能真正领略它们的壮观。

记得我上小学时，从电影《草原英雄小姐妹》中，看到过成片的羊群在茫茫的大草原上怡然自得地吃草，瞬间就被残酷无情、突如其来的暴风雪吹散。当时给我的印象是草原的天空变幻莫测，晴空万里的天气有时会转瞬即逝，接着下起大雪。清晨经历过一场大雪后，高原的山路会被积聚的白雪层层遮住。可到了正午，太阳温暖的辐射光线即刻就会让覆盖在地面上的雪融化，天空也因冷热气流的到来形成冰雹或雨点撒上草原。但常年生活在草原上的牛、羊、马，面对这种情形早已习以为常，不受其干扰，照样低头吃草。这种景象也只有到了高原后，才能深深地体会高原的气候是“一天四季”。

命运恰恰在我天命之年时，给我了一次走向高原抒发感情创作人生乐章的机会，更拨动了我对文学激情几乎掉到深渊底部的神经。当我面对高原叠连起伏的山脉、广阔的大草原、美丽的湿地和湖湾，还有各种只有海拔几千米以上的才生长的各种花草、动物……怎能为之不动容？怎能错过人生中这难得的机遇？只能通过散文来抒发自己对大自然的美好情感！

而草原，总是给人柔情似水的感觉，像哺育生命的母亲随着季节展现着身段的变化，展现出母亲博大的胸怀，尽职尽责地养育着食草及食肉儿女。无论食草动物怎样从她的身躯中吸取着营养，无论狂风雨雪怎样蹂躏，她总是以她那宽容的胸怀，从容面对，无怨无悔。此时，又让我想起了《美丽的草原我的家》这首歌。

美丽的草原我的家 / 风吹绿草遍地花 / 彩蝶纷飞百鸟儿唱 / 一湾碧水映晚霞 / 骏马好似彩云朵 / 牛羊好似珍珠撒 / 啊！牧羊姑娘放声唱 / 愉快的歌声满天涯……

这首歌的歌词，让人们真正从中领略到草原之美，美如家乡。草原不但是人类的家乡，更是鸟儿和牛羊及其他动物的家乡。这些美丽的场景需要用心去体验，用文字去记载，用散文抒发，才能散发出我们身在高原的激情。

高山峻岭更是高原的一大亮点，它总是以两个季节的不同“服饰”挺拔屹立在高原上，给高原增添了无限风光，给游人带来美丽的色彩。夏季以绿色装扮着周边的山山水水；冬季以白雪银装点缀着祖国的大好河山。人常说“仁者乐山，智者乐水”。山之静谧、水之灵动、高山的巍峨，透着深沉，凸显着宽容，以其宽广的胸襟，包容着芸芸众生。从不显眼的小草到参天的大树，从天上的飞禽到地上的走兽，深山的大家庭，无不透着山之“仁”。流水淌着灵性，时而焕发生命的激情，踏着跳跃的旋律，飞奔而下，时而静处江湖，参悟另一种空灵的境界，水掌握着生命之舵，柔韧有余，这是智慧的结晶。高山流水，是仁者和智者的结合，是我幸遇散文憧憬之境界。

我为高原幸遇散文而庆幸，因为它会伴我到终生。

感　动

高原，一般指海拔 500 米以上的地区，而我们工作的海北藏族自治州，平均海拔在 3000 米左右，部分地段达 4000 米。从海拔只有一百米左右的家乡，转眼间来到青藏高原工作、学习以及生活，对长期在平原地区生活的人来讲，身心均面临着考验。

白驹过隙，我们已经到海北州工作了四个多月的时间。高原空气稀薄，加上冬季缺少植被导致的缺氧，使得援青干部中一些同志很难适应。特别是夜间，总感到很难入睡。经领队潘好亮同志同意，周末，我们到省会西宁居住，让同志们借此调整一下身体，以免不适对身体造成伤害。

11 月的一个周末，我们州直援青干部一行，按约定入住省军区一家酒店，因为是旅游淡季，房租每人每天 200 元。刚装修完工的酒店干净、舒适，饮食和山东的鲁菜极其相似，住在这里有点宾至如归的感觉。更重要的是心脏不会因缺氧遭到重创。

话是这么说，毕竟从近“零海拔”的平原，走进 3000 多米的高原，同志们总要经历适应阶段。但大家都没有因此而抱怨，至今，许多感人至深的情节令我难以忘怀。

我们的领队、担任副州长的潘好亮同志，来海北州后，因缺氧经常失眠，50 多岁的人，一晚上只能睡 3 到 4 个小时，无奈之下，只有求助带有“重金属”的藏药，来调节高原带来的难眠之苦。特别是山东对口支援办的领导来海北检查项目时，他克服睡眠不足的困难，和来自山东省发改委的唐传营处长经常深入基层，检查援建项目的进度。一周跑上一千公里已是家常便饭。有一次潘好亮副州长在门源检查山东援建项目时，因过度疲劳晕倒，被紧急送往医院治疗。直到他病情稳定，我们悬着的心才放了下来。援青的同志们“虚惊一场”，被“老大哥”这种敬业精神所感染。

从山东省委组织部来海北州担任组织部副部长的李福勇同志，也是长期难以入眠。经常因血压不稳定感到头痛，这也给他的心理造成负担。上班正常行走和上楼时，气喘的现象总是难以消除。这种痛苦也只有走进高原的同志才能感同身受。

从山东省发改委来海北州任发改委副主任的唐传营同志，从家乡到高原近半年时间，对当地饮食仍感不适，一直处在水土不服的痛苦之中。七次急性肠炎，致使他几乎不敢吃饭。经历了这样痛苦的滋味后，他只好让家乡亲人寄来家乡的土和食物勉强度过高原适应期阶段。后来他一日三餐自己做饭，还要“小心翼翼”地选购食材，这才具备了“维持”工作的体力和精力。

山东省人力资源保障厅挂职海北州人力资源保障局的杜海涛同志因感冒引起的血压高压达 180 mmHg，两次赴西宁打针治疗。高原的干燥气候像是给他的鼻炎注入了“强心针”，给他带来难以抵挡的“痛苦”。

山东省卫生厅来挂职海北州卫生局副局长的李磊同志，在工作中将脚扭伤，痛苦难忍，在床上躺了一段时间。潘好亮副州长亲自为他下厨房做菜做饭，李福勇副部长和同志们轮流照应他，使他感受到了援青干部兄弟般的温暖情谊。当他和我们相聚时，他的眼里泛着感激的泪花说道：“非常珍惜这段难忘的情谊！”还有来自山东省畜牧局挂职州畜牧局副局长的赵洪山同志经常深入牧区，深入

牧民家中问寒问暖，奔波在四县的山路上，不管多么恶劣的雨雪天气，无论道路上的冰雪是否融化，都没有挡住他为牧民尽职尽责的崇高的责任感。山东省教育厅挂职海北州教育局副局长的孙启高同志，充分发挥教育厅工作方面的优势，通过引进山东教师队伍人才、在山东开办海北高中班等形式加大了对海北州后继人才的培养。

冬季高原的寒冷与缺氧无情，没有阻隔我们援青干部支援海北州各方面建设的坚强意志，虽然面临很多困难，但同志们“缺氧不缺志气，海拔高境界更高”的精神很是让我感动。

一位老哥　一首歌

又是一个周末，在高原只身一人的我像往常一样，打开电脑，播放着经常与我相伴的轻音乐，一首《大哥你好吗》的老歌勾起我对我家乡一位老哥的美好记忆……

我们虽不是同胞父母所生，更没有血缘的基因成分，但他对我的兄弟情谊，对我的宽容和宠爱，似宽阔的臂膀和美丽的风景，一直伴随着我生命的旅程，无时不在激荡着我心灵。

他的睿智，总是在我奔赴事业崎岖路途的行路中，在我充满迷茫，甚至疲劳踉跄即将放弃前行的时候，及时给我支起带氧的温床，使我重振精神轻松前行。

他那春风化雨般的慧言智语，总能使我从千丝万缕的头绪中，解黏去缚地理清前行的思路，让我以更加清晰坚定的步伐勇往直前，直到收获硕果的那一天。

他有着像海一样的宽容，从来不计较我在生活中偶尔出现的因性格差异而引起的失言，无论我提出怎样的诉求，他总是为我祝福，使我在自我的反思中，增加了生活的智慧和悟性。

每当我想起他，想起他的真诚，想起他的执着，想起他那幽默和谐的窃窃私语般的谆谆教导，就像那午夜的星空、遥远的月亮曾经带给我的欢乐、无眠的美好……

或许人们的相识相知只是瞬间，可要彻底地忘记他却将花费一生，甚至终其一生他都会盘踞在你的内心深处，但是，我却很感激命运，感谢上苍给了我这样一个人，一个让我在这个世界上不再孤单，不再寂寞的人！孤单的人生是麻木和苍白的，遇到这样一个人，人生的痛苦也会变成甜。

这样一个人，这样一种情感，让我飘荡的心变得柔软脆弱，让饱受折磨的心拥有了温润的一隅，更让我独享着一生眷恋和牵绊、一世宽容和给予，拥有着对过去的思念与回忆、对未来的执着与寄托。这到底是怎样一类朋友，怎样的一位兄长，怎样一种情感？你只知道他真无香、淡如水……

有一种情感，只能拿心去感受；有一种情感，只能用心储存……

这就是一首歌，这更是对一位老哥的悠久的记忆！

选　书

到了高原，没有了家乡城市里的喧嚷浮躁的心，没有了以往工作、生活带来的压力，更没有了锅碗瓢盆家务琐碎的“干扰”。到了高原，工作及生活的节奏逐步慢了下来，这倒让我静下心来多读点书，借机总结一下买书和选书的乐趣。

读书如交友，宁缺毋滥。少年时代买书，属于盲目阶段，一看名字和想买的书相似，无论书的内容、品位和作用如何，买上就走，回去翻看，收益甚少，就成为书柜的摆设了，搬家都成负担。因为，在这百家争鸣的年代，很多人都想成为作家，粗制滥造、没有多少坎坷的人生经历和丰富的阅历、靠功利出版的书籍，是很难打动人的心灵和给人以启迪的。

青年阶段买书属于应考阶段。学历是敲门砖，一个人再有能力，没有敲门砖，无论“成家”“立业”，面对挑剔的“主人”也只能望洋兴叹！因此，那时的人们周日逛书店，夜晚进夜大，白天做作业，毕业后“一篮空”，收获甚少。后来明白了只要将主要科目的书学懂弄透，品种繁多的辅导材料，可以不去费神。实践证明，只要努力坚持读书，就一定能获取人生旅途中的“金钥匙”。

到了中年时期，工作和家庭生活已相对稳定，人生的阅历、经验和成果，到了收获的季节，也到了进行梳理总结的时节。此时的心气应该是把读书转化成一种生活的享受。特别是近几年来，陆续在党建网、人民网，《中国监察报》《中国组织人事报》《中国航天报》《大众日报》《支部生活》等多种国家级、省级报刊发表几十篇专业、理论以及散文等文章，使我由原来的被动读书变成了主动读书；原来的不会读书、不知读什么书，变成了需要读什么书，选什么书读的境界。从读书中寻找到了乐趣；从读书中悟到了不但要读书，还要经常通过读书，总结思考，积累在读书中的收获，寻找工作与生活中的不足等。读书要像蜜蜂学习，学会在万紫千红般的书籍中，采集自己所需的“营养”。通过读书，使自己的品位及综合素质不断得到提升。

“鸟欲高飞先振翅，人求上进先读书”，我将会静心做个读书人，从好书中汲取丰富的精神食粮，让读书提升自己，也惠及工作与他人。

我爱海北高原

甲午马年的正月十五刚过，经过两个月的新年、春节假日调整后，按照规定，援青的同志们又要陆续返回高原工作岗位。巧合的是，援藏领队赵志远同志一行四人正好在西宁周转飞机进藏。我们作为西宁的干部晚上略尽地主之谊后，26 日中午，他们便乘进藏的班机到岗履职了。

客走主安！我们从机场直接赶往海北高原。半年的高原生活，使我已经完全融入了高原的环境，并与海北高原的同事和那里的群众朋友结下了深厚的情谊。

当我乘坐的越野车进入海北的境地，原来因家乡雾霾的阴影所困的心情，面对高原清澈湛蓝的天空，如久旱逢甘雨，也随之亮丽起来。我们的车在通往海北的高速路上快速奔驰着，视野里蜿蜒的山脉、隆起的丘陵和苍茫大川风景如画。

我爱海北高原的天空，它的湛蓝使我都分不清是海水还是蓝天，偶尔出现那么几片鱼鳞斑的云彩，在阳光照耀下，像极了海水在微风的荡漾下，翻滚着蔚蓝色的波浪，波光粼粼。没来高原前，从来不知道天空会有如此这般蓝，如此这般美。谁说只有白色是最纯洁的，这儿的蓝天，不也是最纯洁之色吗？

我爱海北的草原，草原之美，美在宽广。她以宽广的身躯承载和养育了多少生灵。草原之美，美在柔性。随着地形的起伏，她也不停地变换着美丽的身姿，时而汇成湖泊，时而聚成河流，时而又变成沼泽隐身在草丛之下不见踪影。

草原之美，美在多彩的风情。草原上的人，淳朴敦厚、热情大方、能歌善舞、真诚豪放；草原上的歌，音色浑厚、声调悠扬，要用尽全身气力，从内心深处唱出来，唱出草原的美丽生活。

我爱海北高原的宁静。因为静，可以令人“弃浮华，绝权欲，潇洒达观，脾胆魂魄皆冰雪”。因为静中生禅意，静中生智慧，你可以在风声雨声中找到一种超越时空的寂静美。因为静，才使得“红衣褪尽芳心苦，曾记花开不记年”，有了生命的喟叹，你可在花落飘零的年轮之后追溯一种岁月沉郁的沧桑美。静，是心灵最好的陪伴，远离了纷繁利诱，远去了觥筹交错，只在心中筑起高高的藩篱，花影扶疏，修竹绕庭，享受独怜花开的喜悦，独醉叶落的怅惘。

因此，我爱海北高原。

生日攀高峰

2014 年 3 月 24 日，是我 51 岁的生日，它就像一年一报的钟声，到了时间就会毫不吝啬地告诉你又长了一岁。巧合的是，因到杭州参加培训班，借此机会领略一下“上有天堂，下有苏杭”传说的杭州，让我领略到了杭州这个美丽的城市，无愧于美丽东方休闲之都。

清晨 6 点，赶紧起床和同学们约好去爬杭培南邻的北高峰。刚出 2 号门，只见对面树枝和交叉的电线上有一只顽皮的小松鼠，仿佛“知道”今天是我的生日，所以特意跑出来向我表示祝福，并眨着机灵的小眼睛，像是在对我说“给您表演个走钢丝节目”。紧接着，它顺着电线慢慢地掌握着平衡，小心翼翼地从电线的南端往北端滑行。“真够胆大的！”我带着相机把这个难得的瞬间拍了下来。正是它这种顽皮中带着的机灵劲，深博人类的宠爱。这时，爬山的伙伴们已经走到了我的跟前，我才依依不舍地告别了松鼠小朋友，向北高峰方向走去。

大约五六分钟后我们就来到了北高峰山下，北高峰高 314 米，与南高峰相距十余里，南北高峰遥相对峙，合称“双峰插云”，为“西湖十景”之一。三月的北高峰，各种树木郁郁葱葱，路边的各种山花已百花齐放，百花争妍，给早晨爬山锻炼的人们以清新舒适的感觉。我们三人顺着蜿蜒的山梯逐个台阶往山上走着，石板在脚下一阶阶退去。那泛青色的粗滑板面，给人一种幽古的味道，仿佛它们已然在此沉潜了万年。两边的树叶已是枝繁叶茂，给人以春天的气息。随着山顶离我们越来越近，我们登山的节奏也随之慢了下来，呼吸的频率也越来越快。在我们离山顶越来越近时，天上滴答掉下来几滴小雨，我们犹豫了许久，还是坚持登上了山顶。

从山顶由上视下，北高峰群山屏绕，湖水镜涵，竹木云蓊，郁郁葱葱，凤舞龙蟠。特别是在来时朋友们就告诉我到灵顺寺看看，没想到登上了北高峰山顶，意外收获了灵顺寺的风貌。据资料记载，灵顺寺已有 1600 多年的历史，早在宋代因寺内供奉“无显财神”而被宋徽宗赐名“灵顺庙”。现存大殿为明末清初修缮，规模宏伟，堪称华夏财神庙之最。乾隆皇帝在此御笔题词“财神真君”。庙门两旁则有明代书法家董其昌之对联书体：茀禄尔康，福泽共西湖月满；正直是与，财源如东浙潮来。

庙的右侧有一不规则小石块，风吹雨打，字迹清晰，显然为现代人所书。其上为宋代苏东坡的“言游高峰”之诗。意境深远，感情笃深。看后甚为苏轼叫好，难怪有苏大才子之美誉。其时，我的

视线不自觉地触到了几乎处于同一平台不远处的“毛泽东诗碑亭”。上有毛泽东书写的“北高峰”和《五律・看山》：三上北高峰，杭州一望空。飞凤亭边树，桃花岭上风。热来寻扇子，冷去对美人。一片飘飘下，欢迎有晚鹰。站在毛泽东诗碑亭放眼四望，西湖全景尽收眼底，山色湖光让人顿时忘却登山之苦。我们三人在欣赏毛主席的诗歌后，在石碑前留影纪念，而后向山下走去。

站在山脚下，向上看去，山势曲折且陡立，然而我们最终还是走过来啦。想起出发前对山高的畏惧，心里暗自发笑。在不知不觉中，北高峰已被我们征服在了脚下。况且，没人抱怨很累，似乎都很淡然的样子。其实，登山求的是一种过程及在此过程中的心境。记得有人说过，山峰之所以高不可攀是因为你是观望者，只要动起来，就会发现其中的精彩。想一想，人生与登山，两者是何其相似呀。

高原梦想

一

青藏高原的梦，轻轻地，游离在空中，走进了我的思绪。

它像黎明的曙光轻盈地撩去夜幕的轻纱，缓露出灿烂的朝霞，启动了高原的晨曲。牧民帐篷里清晨欢快的炊烟，伴随着草原传来的悦耳动听的鸟啼声，拨动着我的心弦。这心声像似心灵的翅膀，轻轻驮着对家乡亲人的思念，飞向远方。天空、草原、大地间的树木、牛羊、野兔及雄鹰也伴随着晨曦的旋律，欢呼雀跃地歌唱，使原本灿烂多彩的高原，此刻，更富有来自大地的绿色的韵律。

二

青藏高原的山脉如此的壮观、峻峭，它像画家精心绘制出的一幅精美的油画，风光旖旎、栩栩如生。更像晶莹剔透的昆仑玉和黑棕透亮的祁连玉，从唐朝或更遥远的岁月中悠悠走来。多么富有诗情画意的境地，怎能不令我抒怀，怎能不让我陶醉，怎能不使我心旷神怡！高原天空湛蓝的色彩以及周围山脉随季节颜色的变化，衬托出高原如此的壮观、挺拔、深邃、博大。而对我来说，它犹如大气中的水分，通过美丽的云彩和穿越阳光时留下的彩虹润泽我的心灵。高原的美丽，像是两只有力的臂膀挽着奔腾起伏的山脉，同我一起肩并肩地向历史的前方走去，祈祷能给后人留下值得留恋和美好记忆的身影。

三

青藏高原三江源头清澈的水溪，自由地穿行在数不清的高原山间里，与山脉间的奇石碰撞出激情灿烂的浪花，碰撞出悦耳动听的依恋草原的天籁歌曲，它犹如思念家乡的心曲，澎湃着我的灵魂。高入云端的精美画面，如山间美丽的传说，使我感到对壮观山河的依恋。我与海北人一同耕耘海北土地流下的汗水，如洒在高原上“格桑花”的种子，待夏季世间的游人光临高原时，便能看到“幸福”之花为他们鲜艳绽放，为他们祝福，为他们歌唱！它如同时代的里程碑，将铭记齐鲁儿女在高原上无私的情怀。

四

青藏高原的青海湖，在微风的撩拨下，湖面飘起层层澄澈如玉的涟漪，在湛蓝天空的映射下，“蓝雅脱俗质更佳，心波涟漪情缠绵”，满怀憧憬地遥望着未来。山浪峰涛，层层叠叠，沉淀了不知道谱写了多少个世纪的歌谣，每一句动听牧歌的旋律音符，记载着不知多少传承中华文明史英雄的血泪。优美的芦笙，木叶的原生态，随着牧羊人的歌声，把高原美丽青海湖景色谱写得梦幻绮丽，犹如一个美丽的传说让世人传承！

五

高原、草原是激发诗人灵感的园地，山水、骏马是画家相依为命的风景，民歌总会在此地迸发出爱情的灵感……它们自然、淳朴、美丽及优雅的身躯，如磁铁般吸引着四面八方的游客，来此地浮想联翩，尽情释怀。山脉间密麻的红松，将冬季高山峻岭装扮得毅力挺拔，气势蓬勃；山间田野的青稞，像金子一样光芒耀眼，牵动着游人的目光；百亩田地的油菜花在山间绿地的衬托下，怎能

不使人心醉……它们如承载着游人心灵深处最真实的语言，与朝暮相伴的山水、石木、花草、露珠、晨雾乃至星月，诉说埋藏在生命血液里对宇宙万物，对青春、生活、爱情向往乃至对痛苦和欢乐的感叹与惆怅。

六

青藏高原远离家乡的喧嚣和尘埃，远离大气的污染；它的心灵没有被功利所吞噬，更没有被失信的雾霾所淹没；它只有山脉与高原纯洁地相互依恋，草原对牛羊的无私抚育，大地间各种植被与各类生命的博爱与宽容。

它见证了中国多少代风流人物，历经了多少风霜雨雪，书写了多少温馨的情感和憧憬。三年的海北情怀如此深邃和眷恋地镌刻在高原，镌刻在幅员辽阔的大草原，我的血脉与高原生命的心脏共同跳动！

青藏高原，当我走近你的那一天！

我的情已融进了你的自然、你的壮美、你的挺拔！

我的心已被你气势磅礴略带温柔的优美身姿所俘虏！

我的灵魂深处，早已被你经历历代王朝的短兵相接，而依然固我的身姿和处事不惊的风格所倾倒，更被你登高望远的深谋远虑的思维所折服；你如同我生命中新的航船，承载着谋划工作时所需的高原的高度，处理矛盾时要有的草原的宽度，解决问题时需要的心静如水的厚度的巨轮，扬帆起航，驶向人生新的彼岸！

文字与青春

今天是周六，2013 年 11 月 30 日，也是 11 月的最后一天。岁月无情，又在我的脸上刻画上一道鱼纹的印记，使我感到惴惴不安。为了打发惶恐而清闲的时光，静心养性，便拿起胥智慧的《恍若梦中一相逢》低吟浅唱起来，淡淡的纸香还有那书中引用的风流了千年的绝句浸染着我，使我满是岁月伤痕的心田感到安慰。我享受着诗文中的每一段妙笔生辉般的文字，一首首一阙阙清丽的词句，如同沉淀在我心中的风景，怡然自得。

“疏影横斜水清浅，暗香浮动月黄昏。”这一名句出自北宋著名诗人林逋的七言律诗《山园小梅》。在此诗中，他以超凡脱俗、俏丽可人的手笔，提升了梅的品格，丰实了作品的境界，读来口齿噙香，令人赞叹！这首诗情不自禁地流露出人生苦短、看淡世事消长的处世态度，刻画出了梅花清幽香逸的风姿，被誉为千古咏梅绝唱。

而南北朝陆凯的《赠范晔》“江南无所有，聊赠一枝春”的诗句中的“一枝春”作为梅花的象征，渲染着友谊的意境，读时我还领略到腊月的来临，代表冬季的痕迹将漂流而去，充满希望的春天即将来临，祈祷着人们美好愿景的实现。可见诗中的艺术魅力和诗意之美就在于它将朴素的自然情感借古喻今，在寒冷的冬季这个特殊的意境中，将怀友的情感通过圣洁的梅花表达出来，把抽象的感情与形象的梅花融为一体了。

诗中绝美的意境，如同我行走在幽静高原之中，将所有的浮躁随之沉淀。此时，南宋陆游笔下的梅花又是不一样的，“零落成泥碾作尘，只有香如故”。陆游先生借助梅花曲折的命运，折射出自身的坎坷仕途，特别赞颂了身处逆境哪怕零落成泥，也不失一身豪气仗义，不被污染的纯洁心灵。

吟唱着古人诗词，仿佛年轻的心穿越了岁月的时空，清丽优雅地绽放在阡陌红尘，给我注入了青春的活力。

有一种青春，它来自文字，滋润了我的心灵。

高原落叶舞秋风

今天，又到了我们寥寥几位援青干部的孤独的假日。因昨晚诚传营、洪山两位兄弟之邀聊天喝茶到 10 点 30 分，回到寝室后，躺在床上很难入睡。无奈之下，又欣赏了《中华文摘》几篇好散文后，也记不清什么时间进入梦乡。直到上午差 10 分 10 点才不得不起床，按照计划打扫房间卫生，洗涤床被，归置房间，一直忙到 12 点，才把早晨的两碗方便面“消灭”掉。

下午两点，我要到西海镇集市上去采购做饭用的调料和蔬菜。当沿着小路往集市上走时，我才茫然发现两边的白杨树叶已经发黄，部分树叶正随着秋风的“节拍”，顺风自然并有节奏地飘落在周围的街道上。我看到地上的黄树叶，它们在太阳的照射下，呈现出内陆地区同种叶子所没有的光泽。

落叶象征着凄凉季节的到来，也会使人联想起悲伤。此时，“几度销魂，几度秋，莫待秋来黯销魂，凄凄惨惨是悲秋”的诗句，仿佛响在了我的耳边。更想起了唐代现实主义诗人杜甫的那首《登高》诗：“风急天高猿啸哀，渚清沙白鸟飞回。无边落木萧萧下，不尽长江滚滚来。万里悲秋常作客，百年多病独登台。艰难苦恨繁霜鬓，潦倒新停浊酒杯。”

同样是登高入题，时代却在变迁。援青干部的到来，使高原气象更新，秋风扫落叶，落叶象征着冬季的到来，更预示着新陈代谢的更替。落叶留下了时代的痕迹，更留下了人间的希望。虽然，它零零散散随风飘荡，却使我瞬间感悟到它舞出了人间的希望。

花海情

七月一个晴空万里的日子，与几个家乡慕名门源“油菜花海”而来的客人结伴同行，早起去赶“海”，去欣赏那片令我翘首以盼良久，相牵相系许多时日的“油菜花”的世界。

在群山环抱中，一条路蜿蜒着通向远方。一路上，各种成片成簇不知不识的花草在山峦、在水间，洋洋洒洒，随意葱茏。嫩绿、翠绿、浅绿、柔绿、墨绿，更有那刚脱过鹅黄底子的绿，满眼漫山遍野的绿，交织成一世界浓淡总相宜的绿，映入眼帘便是满眼滴翠的一片葱翠。刚刚褪去雪季寒衣原本冷峻的高原，还来不及与春雪姑娘娓娓道别，便被这片大写意的绿给泼洒浸润了。个性格外鲜明，花色格外鲜艳的迎春花、杜鹃花、龙胆花、格桑花以及太多五颜六色的花朵摇曳着随处恣意绽放，竞相吐艳。

山水大片的绿便被动地变成这片斑斓，这片五彩的底色。高原被这片绚丽缤纷充满生机的夏的灼灼热情浸润得仿佛顷刻间便由一位原本阳刚豪放的壮士变身为一位曼妙美丽的绝世佳丽。这片五彩斑斓弥漫着一股花草的馨香，随着那空中片片彩云扑面而来，沁人心脾，令人迷醉，更令人心驰神往……

经热情好客的藏族朋友介绍，我们对门源油菜花的特点有了初步了解。油菜花并不是什么稀奇之花，天南地北许多地方都有，云南罗平、江西婺源、贵州安顺……各有各的特色，各有各的风姿。每年的 7 月前后，南方的油菜早已扬花结子收获入仓了，而青海门源的油菜花却正繁花似锦，散发着最浓郁的馨香。因为青海海拔较高，春天来得晚，要想观赏门源油菜花得壮观美景，7 月底至 8 月初才是最佳时节，这时期的门源油菜花开得最旺盛、最壮观。这里的油菜花所勾画出的画面与南方那种曼妙婀娜的美截然不同。如果说南方的油菜花应和江南烟雨蒙蒙的气质，描绘的是一幅温情脉脉、幽美柔媚的水粉画；而门源的油菜花海则完全表现出了北方地区，尤其是雪域高原，蓝天、白云和雪山映衬下独有的一种金戈铁马驰骋疆场的豪迈与霸气，这样的气势成就出的是一种大写意的山水水墨画卷，而且是挥毫一气呵成的长卷。

到了！到了！门源到了！

在山路中转过一个弯及盘坡时，一片无比绚烂、一望无际的金黄色哗啦啦便豁然泼洒铺展在我们的眼前！

那是一种怎样的奇观，那是一份怎样的壮美！六十万亩油菜花形成的百里油菜花海铺天盖地成就了一幅无比博大壮阔的画卷。那是一种撞击你灵魂最深处的壮观，那是一份让你无语的纯美，那是让你不由自主会从心的最深处因震撼而发出膜拜般呐喊的美。

油菜花海肆意的金黄，给群山、给田野那片翠绿抹上了一层金色薄晕，这洋洋洒洒的一切，汇聚成一种精力旺盛、生机勃勃的浪漫宣言。在高原深蓝的天空下，油菜花镶嵌浩门河两岸，浓艳的黄花，北依祁连山，南邻大坂山，西起永安城，东到玉隆滩，绵延近百公里，繁花一片，无际无边，宛如金黄的大海。风过处，花随风动，风因花香，花潮涌动！分不清是花太香，还是人太痴，人未到海边，眼睛湿润了，心湿润了，人迷醉了……

近看远观皆为美景！浩浩荡荡昂扬灿烂的金黄，犹如一袭金黄色硕大的地毯与湛蓝蓝的天际豪迈衔接，那样恢宏，那样和谐！这是大自然的杰作，这是顺应自然的和谐之美。7 月的门源正在奏响一曲世界花海音乐的“金色夏之曲”。

远山，近水，还有那星罗棋布般散落在油菜花海间的村落人家，那些吃草正欢的牛羊，这蓝天白云下的一切，与铺天盖地的油菜花交相辉映在雪山下，似百里长川，在高原强烈阳光照耀下，金光闪烁，一望无际！而这一切又被缠绕在山脚下冰雪融化后长年不断、绵延不绝的雪山流水映衬着，便倒映成流淌的五彩斑斓的油彩。于是乎，花海便随风摇曳，随水流淌，便成了永远变幻着看不够赏不尽的绮丽画卷……

再多的言语都无法表达此时此刻的壮观，那样的美。在高原常见的蓝天白云衬托下，一望无际的金黄异常斑斓，令人慨叹！这大色块简单和谐的构图不正是大自然最精美的设计吗？远风，近风，花香，风香，空气与大地无处不香，无处不美。花仿佛在轻轻诉说，风犹如在欢愉歌唱。似唤起曾经的一切最美好的回忆，又好像在安抚曾经的烦乱的思绪，就连平日潜藏在心底最深处的那份相思乡愁也因这香氛、这美而柔化了。

当地藏族朋友说，油菜花的生命周期只有半个月，大都集中在7月中旬至8月初。花季的结束，预示着饱满的油菜籽的成熟。青海当地人大部分以油菜籽油来烹饪食物，美丽的油菜花便变成了美味的享受。遇到停电时，油菜花油还可以充当夜灯油，让它浸透灯芯，让灯芯撕破夜幕，照亮心路。油脂被榨干了，颗粒饱满的油菜籽变成了油菜渣。它们或被加工成饲料，成为动物们健康成长的口粮；或被人们埋进大地，把大地变得更加肥沃，为下一个产粮季百谷健康发育储蓄必要的养分。

面对万亩金黄的花海，我思绪万千！它们的生命短暂而灿烂，它们以自己短暂而艳丽的花季生命衬托大自然，以饱满无私的身姿奉献人类。人类与它们那天然的境界相比，缺少些什么呢？

此时，几块厚厚黑黑的云层飘荡在我们的头顶上空，这是天公作美，想为我们接风洗尘。雨滴霎时便洒落在身上，让我们感到丝丝细腻的惬意。恰似美丽的藏族少女那温婉动人的睫毛，在回眸一笑的表情里，冲着你轻轻一忽闪，便已悄悄地掳走君心。那柔情的微风，轻轻拨动着万亩油菜花海，如平静的湖面上梦一般的倒影，构成了诗意迷蒙的远景。花海的两边富有立体感的浅绿山脉，夹杂着冬季残留的冰雪，像是为其而建的一座座古老的城墙。那墙壁上斑驳出岁月的沧桑，在风雨的晕染下，益发浓重。无论浓淡，一切浑然天成，是那样和谐！倏然，我顿悟般领会到这大美的根源所在不就是以这种简单与和谐而造就的吗？

我用单反相机，采用 15mm ~ 35mm 镜头，以油菜花海取前景，以一侧的浅绿山脉为远景 —— 一幅大美的《和谐》佳作便由此产生。

来去匆匆，与门源美丽的花海相逢很快结束。回程的路上，我仍意犹未尽。回眸云雾中的那片花海，无边无际……静时，霸气中蕴含着一种绝美的浪漫；动时，那磅礴的气势犹如一曲《黄河颂》，排山倒海、气吞山河、荡气回肠，令人酣畅无比！

再回首，一片海洋一直延伸至远方的群山之中，最后融入湛蓝的天际……

这片海洋是花香四溢的海洋，是和谐的海洋啊！

放　生

盛夏八月的草原，如同孔雀开屏，是最楚楚动人的季节，它不像冬天的风景那样沉闷，更不像秋天的浮躁让人难以启动激情；它的美丽，是因为它吹绿了万物，吹开了野花，吹开了人们渴望自然的心田，使人们舒畅的心情在深深的草丛中随风飘动。

草原中，不知名的野花在草原舞台上的舞姿，总是绽放得婀娜多姿，充满了神韵。她轻柔地在宽广无垠的草原上舞动的身影，如同一片激情的湖水中掀起了波光粼粼的微波，在阳光的照耀下闪烁着银光。碧水映着蓝天，蓝天衬着碧水，那种天连水，水连天的画面，宛如在天镜中遨游，自在、奔放……

我和北京友人乘坐的车，在广阔草原的地平线上奔驰着。按计划从祁连山脉驶往海晏县的原子城纪念馆。被短时阵雨洗刷后的草原，在光彩耀目晨光的照射下青翠鲜润，我心神自醉。草原清新的空气沁人心脾，让人参透了“诗中有画，画中有诗”的静逸明秀的诗境。

在草原的深处，司空见惯的牦牛、羊群，像是散落在草原上的颗颗珍珠，将草原点缀得绚丽多姿。它们总以草原主人的神态，怡然自得迈着轻松的步子，扬扬得意地吃着自家庄园的青草。

成群欢快跳跃的兔鼠，在日丽风清的草原上相互嬉闹，愉快地玩耍、雀跃，似乎忘记被“天敌”秃鹰算计的危险。

其乐融融的百灵鸟们，总是唱着动听的欢迎曲迎着远方的客人，在离地面几十米的高空比翼飞舞，时而凌空直上，直插云霄，时而悬飞停留在空中数秒，使优美的歌声戛然中止；然后骤然垂直下落，待接近地面时再向上飞起，又重新唱起歌来。它们技艺超群的空中演技和多样、婉转动听的鸣叫音色，被牧人称之草原上的“表演歌唱家”。

我国蒙古族民歌“百灵鸟双双地飞，是为了爱情来歌唱……”是对百灵鸟行为的真实写照。百灵鸟叫声洪亮，善于模仿其他动物叫声以及物体碰撞所发出的声音，唱起成套的乐曲，很惹人喜爱。

当大家被这优美如画的高原风景和各类动物各显身手的绝活所陶醉时，忽然，我从车窗外飞驰而过的风景中，隐约看到了一只隐身在一堆牛粪中的秃鹰，我示意开车师傅抓紧倒车回到和这只秃鹰平行的位置。我屏住呼吸，轻手轻脚地摇下车窗，生怕惊扰它，让我失去与它近距离“接触”的机会，并拍下了这一幕难得的瞬间。

在拍完几张远距离的照片后，不知足的心理驱使我想更近、更清晰地拍摄其敏锐的面孔。此时，身边只有广角镜头的相机，因缺少长焦镜头的特写优势，只能下车接近秃鹰，走近来弥补广角镜头的不足。当我蹑手蹑脚地靠近它时，我从它小心翼翼地迈着惊恐慌乱的脚步和忐忑不安的神态中，猛然感到这可能是一只受伤或者不具备起飞能力的幼鹰。我好奇地加快了靠近它的步伐，迅速地跨过了牧民用铁丝网圈起的自家牧场，步履如飞地向秃鹰奔去。

受到惊吓的秃鹰，惊慌失措地张着徒有虚名翅膀拼命奔跑着。我又因在草原上遇到幼鹰而兴奋地在它后面追赶着，经过一番激烈的“长跑比赛”角逐，疲惫的幼鹰还是被我用长袖衬衣捕获到了。为了使它消除敌意，我轻轻地用手抚摸了几下幼鹰的头，以示友好，用心灵向它传递不要暴躁。为避免它锋利的爪和刀嘴攻击我，我慢慢地掀开衬衣，先露出秃鹰的头部。在我轻轻的抚摸中，它通人性的灵气使自己惊魂未定的心情放松下来。

秃鹰是国家严禁捕捉的二级保护动物，它刚烈的性格，如果不是从小进行人工饲养，成活率极低。能在草原上遇到一只幼鹰真是终生的庆幸，但最终我只能选择轻轻地将它放在草原上，示意它已经获得了自由。当它充分感受到我对它毫无威胁，竟以惊奇的、友好的目光注视着我，站在草地上不肯离去，似乎在对我说：“我们交个朋友吧！”

据说草原牧民对鹰情有独钟，厚爱有加。他们把雄鹰作为顶礼膜拜的图腾，是因为雄鹰是草原的守护神。草原是游牧民族生存的依赖，草原不仅是牧人放养牧群的草场，更是他们的精神家园。

草原上还有鼹鼠、兔鼠终日和牧民们抢夺绿草资源。为了生存，它们把茂盛平坦的草原通过鼠洞将草根部吃掉。一旦兔鼠、鼹鼠成灾，再大的草原都会被祸害殆尽，变成寸草不生的戈壁，而展翅飞翔的秃鹰以食鼹鼠和兔子为生，鹰就是兔鼠、鼹鼠的天敌。因此，草原上的秃鹰深受牧民爱戴。

经资料记载，鹰的平均寿命跟人类的平均寿命相差不多，均在70岁左右，但鹰要活到70岁，要经历“凤凰涅槃，浴火重生”般悲壮、惨烈的重生过程。它尖利的嘴和两只锋利的爪子，是鹰生存的基本

工具。有人说，鹰到 40 岁的时候，捕食所依靠的锋利的爪子已经退化，嘴上的尖钩也慢慢失去啄食的力量，此时的“老鹰”面临着两种选择：一种是离开群体，飞上山顶，静静地死去；另一种是飞上高山，啄掉指甲、羽毛，再把嘴往悬崖的石头上猛撞，直到嘴的骨质部分脱落，最后长出新的利爪和尖嘴，才能重生。这是一个十分痛苦的过程。获得重生的秃鹰，可以重返蓝天，继续翱翔，寿命可以延长三四十年。而重生是一个漫长、极其痛苦和难以忍耐的过程，所以只有很少的鹰选择重生。

因此，牧人把鹰比作“天神”，把鹰画在画里，写在歌里，绣在毯上，总表达不尽对雄鹰的赞美。许多文学作品里还会把鹰作为正义的化身，作为弘扬生命顽强的楷模。

鹰也是一种聪明伶俐的动物。为了省力，鹰在起飞后，除捕食需要外很少再落到地面，通常都落在草原中的电线杆上稍事休息。再起飞时，因它落在离地面较高的支撑点上，它会顺着空气流动产生的气流张开翅膀，借力起飞，很轻松地就能飞上天空。它飞翔的姿势优美而矫健，给人一种美的享受。

鹰还有犀利的双眼，它在高空飞翔时，对草原上的风吹草动洞若观火。几百米、甚至近千米的草地上，几只兔鼠在哪里奔跑、玩耍，它都能看清楚。它抓捕猎物时，只在一瞬间。发现猎物，向下俯冲，抓住再飞起。动作严酷凶悍，漂亮极了。

在草原生活中的鹰喜欢在空中飞舞。飞翔时，它有着优雅的身姿和从容的倩影。草原的天空，离不开雄鹰的陪伴，也为鹰的舞姿提供了开阔、敞亮的舞台。而鹰也用锐利的目光守护着草原，有了飞翔的鹰，草原的花草就会绽放得更加绚丽多彩。

而草原上的鹰总是独来独往，很少呼朋引伴，而是自食其力享受着生活中的美好。它们的生命是以搏击为伴、为舞，它那独特的性情从不与尘世的污浊相合污，这成就了它们高贵的品格。

面对眼前刚刚成为朋友的幼鹰，我怎么也想不到一生中会在草原上亲手捕获到它。而通过轻轻抚摸它的身体，心有灵犀一点通的它，此刻竟能感受到人类的友好。在它不愿意离开的时刻，同行的朋友们都感到吃惊，兴奋地从车上跑下来争抢着与它合影留念。它也兴奋地与人相拥、相依，并展现出各种优美姿势，让我们尽情地和它留影纪念。

当我和朋友一行沉醉在和鹰相容的美好瞬间的时候，又有很多游人被这感人的场景所感染，纷纷弃车奔跑过来想与我们分享这难得的“场景”。出乎预料的情景发生了，这只鹰拒绝了和他们亲近，给我们友好道别后，突然起飞呼扇着有力的翅膀飞走了。

望着腾空而起、展翅飞翔的雄鹰，我为这自然界中的骄子而庆幸，因为有了它们，我们的草原才会多姿多彩，我们的牛羊才会膘肥体壮，小草才会郁郁葱葱，牧民们才会生活幸福、安康！

草原上的雄鹰，以湛蓝的天空为背景，以苍茫的草原为舞台，面对重生，哪怕撞向山崖，也要用绝美的姿态，完成生命中的最后一次冲刺，体现出生命的壮美与凄凉。

和鹰的短暂交流，使我读懂了草原雄鹰的情怀，也期待着成为一只草原雄鹰，伴随着这里的高原、草原、雪山、山涧溪水自由飞翔，摒弃功利与私欲，静心养性抵达修行的彼岸。

祝愿幼鹰朋友一路走好！

鸟 岛

春季的五月，是青海湖鸟岛繁忙的季节，因高原的春风，每年都在此时将冰粥似的湖面吹开，让世界四面八方来的各种鸟类，聚集到这里繁衍生息。这奇特的景观，给游人们带来了不少游览的兴致。

我们慕名从海晏驱车出发，行约一个半小时，进入青海湖区域。湛蓝烟波浩渺的水域，在强烈的阳光照耀下映射出的光泽，光彩耀目，使我的双眼反射出光彩斑斓的景色。

鸟岛，是衬托青海湖的绿叶之一，它不仅起着调节净化空气和美化青海湖的作用，更是外地客人一饱眼福的“圣地”。大美青海如果没有青海湖的修饰和装扮，美丽就会减少许多。向往去青海旅游的人，大部分是憧憬着到青海湖一饱眼福，更是向往去有着青海湖“左右臂膀”之称的鸟岛，去看看海拔三千多米的青海湖到底有何种魅力，可以引来世界那么多候鸟到此繁衍生息。抵达鸟岛后，我们对众多奇异花色的鸟类发出惊叹：“嚯，想不到还有这么好的地方！”这里的各种鸟语，不是公园鸟语林里向游客乞讨食物的鸟鸣声，也不是住在鸟笼里过着养尊处优生活的贵族鸟的鸣叫声，而是有着“娇艳的花、婆娑的树”，“奇崛的岩石、爽飒的风、飘逸的云朵”的山林中的鸟语。它们在远离尘嚣的深山中自由自在地生活，唱自己喜欢的歌，叙述动人的爱情故事。这使我情不自禁地想起唐代大诗人杜甫的诗句：“两个黄鹂鸣翠柳，一行白鹭上青天。”

内陆的游人不常看到鸟岛湖面的景色，就算有湖，也没有青海湖这般湛蓝。因为高原没有雾霾的蓝天，对于清澈无比的青海湖面如同一面镜子，湛蓝的天映在湖面上，让湖看起来像蓝色的海洋。而且青海湖湖面高出海平面三千多米，比两个泰山还高，湖水中含氧量较低，浮游生物稀少，含盐量在百分之零点六左右，透明度达到八九米以上，这也是湖水晶莹明澈的另一个原因。各种水鸟在如此开阔的水面、如同仙境般宁静的环境里，怎能不扬扬自得，怎能不心潮澎湃！何况我们人类呢？我被这盼望许久、充满魅力的自然景色所浸染，也为青海湖富丽的外表、古朴的内涵和历史遗留的传奇色彩所赞叹。

传说在遥远的古代，如今的青海湖底还是一片茫茫草原，天然牧场。远处丘陵起伏，到处水草茂盛，牛羊肥壮，牧歌声声。这里，还有一口奇异的神井，淙淙甜水，流成一条清湛湛的小溪，无论是旱年或者涝季，井水既不会干涸，也不会泛滥成灾。牧民就在这里居住，靠着肥沃的草原和神井，饲养牲畜，过着衣食无愁的平安日子。

后来，这里出生了一个大智者，名白马江乃。他住在神井边上，一面刻苦地做学问和修行，一面给往来行旅布施神井的水。行路人喝上这水，立刻解渴生津，精神倍增。

不久，白马江乃为了修行深造，决心到加嘎尔（印度）去求法。行前，嘱咐他的徒弟说：“我走后，你要继续给往来行人施水，一定要盖好井盖。”只是他忘了把不盖好井盖的后果告诉他的徒弟。

白马江乃西行求法走后，徒弟按照他的叮嘱，继续每天施水。一天傍晚，徒弟施罢水，忘了盖上井盖，睡到半夜，被水呛醒了，朦胧中还没来得及抓住井盖，水就把他冲走了。水继续从井中汹涌

而出，冲走了田舍房屋，冲走了一群群牛羊，冲走了世世代代在这里安居的人民，这里变成了汪洋大海。

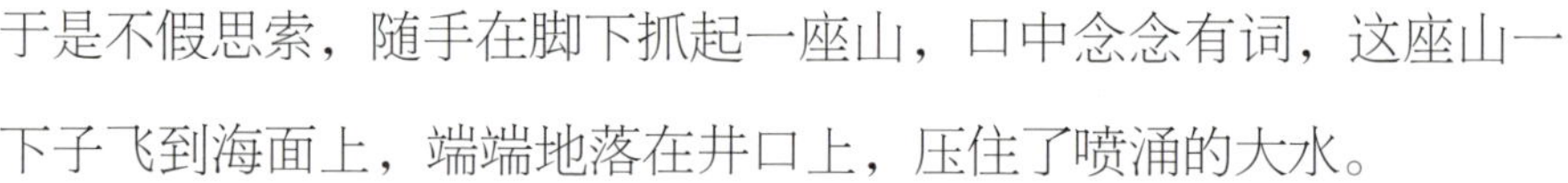

白马江乃当时刚走到西藏的西南边界，忽然觉得心惊肉跳，他预感到一定是神井溢水成灾了。于是不假思索，随手在脚下抓起一座山，口中念念有词，这座山一下子飞到海面上，端端地落在井口上，压住了喷涌的大水。

当时，在如今青海湖西的一个山洞中，住着一个千年熊精，名叫者摩。他一见海水淹没村庄和人畜，正在幸灾乐祸，梦想洪水滔天，天下大乱，他好乘机称霸一方。没料想到，井口被从天上来的山堵住了。他想，这一定是白马江乃干的，别人是没有这么大的法力的。嫉妒之心，把他引出山洞，钻进水里，拼上全身的力气，掀开了大山，往水里一推。水又汹涌澎湃，浊浪奔腾，溢个不住。这座被推进水中的山，就是现在的海心山。

白马江乃，在途中感到海水仍在不断涌溢，心中纳闷，但治水要紧，他又抓起了两座小山，用法力祭起，飞来压住了井口。但不久又被熊精掀掉了。白马江乃无可奈何，只得放弃了深造的愿望，赶回湖畔，驱逐了熊精，止住了井水喷涌。这两座被掀掉的小山，就是现在的海心西山和鸟岛。

还有两个汉族传说：青海湖本是一眼神泉，当二郎神杨戬奉旨讨伐孙悟空时，敌不过那根如意金箍棒，只好逃到昆仑山下的这眼神泉边解乏，架了口锅用三块白石顶着烧火做饭，却忘记取水后盖好神泉的盖，刚把盐撒到锅里，泉水已溢成了一片汪洋，情急之下，他顺手抓起了一座山压在神泉上，这样就形成了现在的青海湖和湖中的海心山，支锅的那三块石头，就是现在湖中的三个小岛，因撒进锅里的盐和水混在一起，所以湖水是咸的。又说很早以前，东海老龙王想造一片大海，他有四个儿子，大儿子是北海王，二儿子是东海王，三儿子是南海王，唯小儿子元海可随他去。于是他们来到青海草原，看到这里广阔无垠，风光迷人，于是汇集了一百零八条河的水造就了偌大个西海，让他的小儿子当了西海王，这西海就是青海湖。

七月青海湖的清晨，雨后的空气甜润舒畅。眼前的情景，像是

大自然雕刻的一幅巨大的艺术品。特别是一片镶着露珠的绿茵茵的草滩，草滩上生长着一垄垄黄灿灿的油菜花，在这绿色和黄色的背后，衔接着无边无际的蓝色的水。它蓝似海洋，可比海洋要蓝得纯正；它蓝似天空，可比天空要蓝得深沉。青海湖的蓝，蓝得温柔恬雅，那蓝锦缎似的湖面上，起伏着一层微微的涟漪，像是小姑娘那水灵灵、蓝晶晶的眸子。

青海湖还有一宝，便是湖里的湟鱼。在青海湖，每年的春夏之交，湖内湟鱼的洄游是一件令当地人期待的大事。

湟鱼是青海湖独有的鱼类。48 岁的史建全是青海湖裸鲤救护中心的主任，他告诉我们，湟鱼的祖先是黄河鲤鱼，原本是有鳞的。13 万年前，青海湖因地质运动成了闭塞湖，后来演变成咸水湖。为适应日渐盐涩的湖水，黄河鲤鱼的鳞片逐步退化。

正是有了青海湖的湟鱼，才吸引了成千上万的各品种的鸟类每年的四、五月来到美丽的青海湖畔繁衍生息。

每到出鱼季节，一百多种鸟类遮天蔽日地赶来，游游荡荡好不自在，就连丹顶鹤、白鹤、大鸨等珍禽，都会在七里海看到。为此，善待鸟类的青海人，在洁净安适的水面上，修建了观望厅。以免惊扰群鸟正常生活，外来的游人只能借助观望长廊，小心翼翼地远距离观望。有的游人乘游船经过鸟岛，不经意地惊扰了鸟儿，它们惊惶地飞起逃离，空中盘旋片刻很快回来，表达对青海湖的爱恋。大天鹅、小天鹅、鸳鸯、大雁等，更是随处可见，与人友好相处，给青海湖鸟岛增添了无限生机。

祝愿青海湖中的鸟群和人类在自然的怀抱中和谐生存。

草原的诉说

在青藏高原，广袤无垠的草原，与天相接，与云牵手。环绕在草原周围的丘陵，给人一种粗糙中带有厚重、平稳、亲切之感。

夏季的草原因充沛的雨水会变得郁郁葱葱，被绿色铺平的山脉也显得青翠欲滴，大自然一片生机盎然的景象。

冬天的草原则是冷寂的，植被褪去了鲜艳的色彩，大部分动物也都躲入洞中过冬，没有了温暖和灿烂，游人也越发少了起来，只剩一片寂寥。

夏日里经常出没的旱獭钻进了温暖的洞里冬眠；欢快玩耍的兔鼠、鼢鼠也不见了踪影；时常看到的狐狸也和我们玩起了捉迷藏游戏；更不用说美丽如花的山公鸡和马鸡了。在雪和风相伴的冬季，广袤的草原光秃秃一片，似如无生机的黄毛毯，像是对行人诉说：我正蓄势待发呢，你们不能太功利！光知道夏天来？

生命中的注定，我来到了青藏高原，来到了海北青海湖畔的东临。这片被当地人称为“大藏区眼睛”的湖水，是那样清澈得令人陶醉。我也感慨历千年而不枯、似有“圣灵”般的泉水，那不被流沙所掩埋的神秘。因海拔和纬度的原因，高原的落日晚霞比内陆来得要晚。湛蓝的天空无私地向大地万物释放着光能，又像是怕各种生灵离它睡去，无暇陪伴它的孤独。

站立在一望无边辽阔的草原上，人的分量可想而知。和草原相比，一切植被和生物均是沧海一粟，似乎只有淡泊以明志，宁静以致远才是它们的永恒！举目望去，碧空如洗的天空中点缀着几朵厚厚的浮云，给人一种“立体美”的召唤。

俯视着广袤无垠的冬季草原，光秃秃崎岖不平的荒滩，犹如戈壁滩凄凉惨淡，怎能不叫人感慨万千，多了几分惆怅！身处多种民族文化交会之地，会触景生情地感慨牧羊人一年四季的辛劳，他们该承受了多少寂寞和孤独，又是怎样在漫漫的冬季中战胜残酷无情的严寒、寂寞、焦虑和遭遇食肉动物的恐惧。

每到草原，面对草原上一个个被风沙浸染过的牧羊人的脚印，我会猛然悟出牧民间舞蹈的由来。自幼从屏幕上看到牧民们欢快地跳着民族舞蹈，仿佛他们整日无忧无虑地生活。他们的生活总是悦目娱心，天天充满着阳光、快乐。当我来到草原，才发现我的想法和牧民的现实生活截然不同。辽阔的草原是牧民们生存的基础，他们从懂事起就只身一人整日和牛羊为伴，日复一日、百无聊赖地放牧，难耐的寂寞能使人疯狂！他们无法用语言同牛羊交流，所以当他们看到欢快的牛羊用肢体在草原上和同伴嬉闹玩耍时，他们会情不自禁模仿起牛羊的步伐与它们翩翩起舞，进行着肢体交流。随着时间的推移，与牛羊“舞蹈”的步伐变得默契协调，成就了他们现在的民间舞蹈。民歌可能也是如此。面对美丽的自然，牧民们不得不把心里的感受通过歌声释放出来。

正是“枯燥无味”的日复一日的寂寞生活，才使他们与食草动物为伴、为舞，创作出了许多脍炙人口的草原民歌和牛羊马欢快娱乐、相互嬉闹玩耍时的舞姿。

草原不但成就了民间艺人，还是历史的见证者。

公元 641 年，唐太宗李世民为了平定西部叛乱，便答应将文成公主许配给求亲的藏族首领松赞干布。当知书达理的文成公主接到自己充当和平使者的使命后，缠绵缱绻地辞别父母，离开长安，出长安前往吐蕃。传说，当她跋山涉水、历尽艰辛，路经高原和草原时，不由得思念起远在长安的父母来。她想起临别时母亲送给她一面宝镜时说的话：若怀念亲人时，可从宝镜里看到母亲。于是急忙取出“日月宝镜”，镜中出现的长安繁华的景色，令她离愁倍增。公主悲喜交加，泪如泉涌。想到自己远嫁和亲的重任，不知能否再和亲人相聚，但为了国家安宁，自己的使命责任又不能总是儿女情长、优柔寡断。她毅然将日月宝镜抛下赤岭，碎在东边的是日镜，在西的是月镜，摔碎的镜片让泪水和风沙掩埋，成为今天的日月二山。两山隔山相望，唇齿相依，如情侣，如父女，其情其景，无不动人。为纪念这位深明大义的公主，今天我们把赤岭改名为日月山，名与形相符，情与痛相增。为了稳固中原这片风雨飘摇的土地万年长存，为了维持帝王的万古基业，面对一个又一个觊觎中原的匈奴、吐蕃、蒙古发起的连年战乱，帝王利用异域和亲胜过十万雄兵的策略，来稳定自己固有的地域。早在公元前 33 年，汉元帝就采取了和亲政策，民女出身的宫女王昭君就成了历史上的第一个和平使者。但是作为皇族血统高贵的文成公主，完全可以凭高贵的出身和绝世的美貌嫁给王公大臣，过上平静而富贵的生活，免去远嫁之凄苦。但为了大唐的稳固，为了中原和西域永远的和平安宁，她放弃了她应该享受的自主爱情的幸福，用一个女人柔弱的双肩担负起华夏民族大团结的沉重担子。

而解放战争时期，李先念率领的西路红军为了建立新中国，他们把生命之花开在这里。

当年的英雄们踏上草原，他们明明知道，沿途不是充满宽广无边的青绿草原，没有优美风景的花前月下，更没有各种鲜艳的无名花草期待着他们，而是无情的风雪、沼泽和用鲜血染成的路在窥视着他们。但坚定的共产主义信念和建立新中国的历史使命的重任，容不得他们有丝毫的杂念和寸步的退却，他们的身躯，就像行驶在宽阔海洋中新中国的巨轮，迎着枪林弹雨组成的风浪，昂首挺胸朝着新中国的彼岸奋勇向前。

在新中国成长起来的绿色草原，它们已不知道你当年倒下瞬间的壮举，更记不得你长得什么模样，或许你的家人也不知道你在这里。但是，你用生命唤起的爱憎、理想，如同一只只在草原上空湛蓝的天上翱翔的雄鹰，展翅畅想。草原见证了你曾为这个苦难的民族赢得未来，你虽然已被多年的风雪融化在这片广阔的土壤里，但是，你用烈士的鲜血为共和国染红的旗帜，始终在祖国的每寸土地上高高飘扬，它们永远向你们招手致意。

也许人的生命只不过昙花一现，也许沸腾的热血换来的只是冰冷的归宿，但你们用生命换来新中国的美好生活，就像三江源水一样源源不断。此时，我多么想让自己的生命跃入你的胸膛，去聆听你此时的心跳，我多么想将鲜花和花环庄重地奉献在你的面前。

此时此刻，让我想起了唐代诗人白居易《赋得古原草送别》一诗："离离原上草，一岁一枯荣。野火烧不尽，春风吹又生。远芳侵古道，晴翠接荒城。又送王孙去，萋萋满别情。"这不正是写出了英雄在草原的生命之花，野火烧不尽，春风吹又生，永远开在祖国和人民的心中吗！

从唐朝的文成公主的和平使团，到李先念率领的一万六千西路红军将士长眠在祁连山下，再到为了共和国的脊梁而在草原上冒着核辐射的风险研制成我国第一颗原子弹和氢弹的前辈们，他们这种信念、责任和奉献之美，给后人留下了顶天立地的精神支撑。

长亭外，古道边，荒草碧连天——天野里回荡着那首苍老的歌。

这是英雄的草原，这就是草原的诉说。

改变自己

今年，我已经 50 岁。古人说：“五十知天命。”到了五十岁，我终于知道天命是什么东西，原来是无私、无欲、无求，对任何事物都能看得开，面对任何困难能够淡定自若，随遇而安，然后“从心所欲不逾矩”。

人到五十知天命，要明白“有公德乃大，无私品自高”。有公是指奉献。一个人能够奉献国家，奉献社会，奉献朋友，奉献家庭，这就是公。无私就是不能损公肥私，不能损人利己。50 岁的年龄，对我来讲，到青海挂职锻炼，是人生的一次转折，是一次事业难得的机遇，是对“静心做事，诚心做人”的一次总结和思考。30 岁时定方向，40 岁时结硕果，50 岁时靠总结。因为，前几十年无论你从经历、阅历和人脉上都是处于摸索、巩固阶段。比如，交朋友，“物以类聚，人以群分”，通过是是非非，功利检验，你会将真正的友情锁住，永久珍藏在你的心中。因为，你交的朋友是用真心换来的，是用思想的“同频波段”吸引得来的，是用珍贵的包容之心挽留住的。所以，真正的朋友，没有功利，只有奉献，当你在人生道路上身处沼泽时，他会尽他的一切来帮助你，扶持你，鼓励你。甚至，对你的奉献超过有血缘的兄弟姊妹；当你人生的道路平坦顺利时，在你身上或多或少有了沾沾自喜的苗头时，他会像兄弟般指出你身上的“弊端”，为你解黏去缚，免得今后出现“后遗症”；当你路遇“喜事”，事业进步时，他那发自内心的高兴，使你怡然自乐！

人到五十知天命，要明白“海纳百川，有容乃大；壁立千仞，无欲则刚”。用中国一句最富有哲理的话就是“冤家宜解不宜结”。每个人的成长之路，都会遇到沟沟坎坎。其中，有些自己经历单纯、缺乏思考和总结的行路，遇到行为不端的人，就容易受到磕碰。如果自己再不善于总结，增加悟性，磕绊多了，又容易误认为世界对你不公，人人都和你过不去。因为，你自己都没有真正认识到自己，判断自己，没有学会全面认识、判断、分析事物，特别是对人的判断力和认知能力。如果，你拥有了判断是非的能力，那么，对待你生活道路上的“小人”，你就会嗤之以鼻，不放在心上了。何况对待你没有恶意，只是不小心或者无意伤害过你的人呢？毕竟世上没有完人，更何况我们自己呢？

人到五十知天命，要明白“养天地正气，法古今完人”。人生在世，性格决定命运，意识决定行动。先天的性格缺陷，可以通过后天的努力去弥补。正气需要“养”，完人需要“法”，谁也不是生而知之者。人到五十最大“幸事”，莫过于总结生活，总结工作。生活中是否因性格，而过得“一团糟”！如果是，就改变自己，改变性格。人生不能太较真。太较真，就会增加烦恼；太较真，就会后患无穷；太较真，就会一事无成。工作中也是一样，遇到无原则的事情，要求大同，存小异。遇到晋升荣誉时，要谦虚退让，何苦为之增添许多额外烦恼呢？人生简单是享受，是快乐，是幸福！

改变自己就是将复杂变成简单！改变自己就是将烦恼变成快乐！改变自己就是将恩情变成感恩！改变自己，你的人生充满精彩！

父亲的底片

2006 的秋天，听说处于青春期叛逆阶段在外地上高一的女儿学习成绩直线下降，作为父亲的我心急如焚。在如何教育孩子、培养孩子的问题上，我和孩子的母亲不遗余力却各执己见。无奈只有给孩子的大姨通了个电话，久违的声音，围绕着父母如何正确地教育和引导子女的话题讨论了很久，她那于事无补的几句话，让作为父亲的我百感交集。

人的命运，犹如大自然中的风景随季节转换，变化莫测。人品的建设和盖楼一样，基础不牢，地动山摇。孩子的成长时期尤为重要。怎样让将来踏上社会的孩子，能够人品正，行得直，人品立得住，并能坚强地面对困难，经受挫折的磨炼，获取独立生存的本领？这是每个有孩子家庭父母无法避免的课题。人常说：“可怜天下父母心。”更何况是女孩子的父母！女孩将来面临的社会压力会更大，没有一个健康的性格、不学会处理解决矛盾的方法，会很容易造成孩子的性格扭曲，会影响整个家庭的生活，甚至她一生的幸福。作为父亲必须以铁杵磨针的耐心为孩子传授做人、做事的本领，就像保护鸟儿的羽毛，保护孩子经历风雨后，可以见到彩虹。世事洞明皆学问，人情练达即文章。作为父亲要以锲而不舍的精力去把女儿日常生活中的每个成长细节的瑕疵和纰漏的褶皱熨平。并用心捕捉、聚焦，拍摄她人生成长的轨迹，并将自己用心的付出，保存在孩子成长路程的底片上，直到传给后人。

27 岁时我有了女儿，孩子的姥爷由于受农村传统观念的影响，恐怕家族单传的我心里会不高兴，有意识地通过捎话探听我的态度。因从小成长在部队，受良好的教育环境熏陶，使我从根子上就对男尊女卑的思想嗤之以鼻！不论男孩、女孩，教育培养孩子是身为父母义不容辞的责任。

从当父亲的第一天起，培养孩子的责任就落在肩上。因为，我深知，孩子不是家庭的私有财产。而我们中国家庭很多做父母的没有真正懂得这一点，从有了孩子的第一天起，就像对待“小宠物”一样供着，生怕哪些细节环节慢待了孩子！这些让父母“供”起来的孩子，由于从小受到父母的娇生惯养，就像温室里的花朵，经不起踏入社会后的“风吹雨打”，有的因从小肥胖影响了智力发展，造成了身心“亚健康”，甚至影响了孩子的一生，使患有“近视眼”的家长望洋兴叹！特别是女孩，更是痛苦难耐，为了追求美，到了节食的地步。有的因从小惯着，没有传授怎样做人的知识，树立一个人品好的规矩，到了社会上毫无规则可言，不是犯罪，就是社会的“废品”，自己也束手无策，陷于人生痛苦之中。还有的家长自己安慰自己说：“树大自然直。”这些自欺欺人的举动，生活中鲜活的例子还少吗？

自从有了女儿后，为了使她人生之路走得踏实、顺利，我给她起名叫“姜天”，希望她将来进入社会后做人要大气，做事要细致，解决问题的思维要大度。可惜的是，让她的姥姥、姥爷给否定了！说“这名字太大，是升天的意思”，这挨得着吗？无奈的我也只好听从他们的了。名字我做不了主，但在培养孩子的过程中，我得按着自己的计划走。

孩子的母亲在外上学，我从孩子三岁半就给她立了规矩，早上上幼儿园要自己起床、穿衣裳、叠被子、洗漱等。孩子幼小的心灵中觉得我这个“老爸太坏”！我从初中便有了文艺专长，所以从孩子六岁开始，每到周末，我便给孩子请了老师教她拉手风琴，从小培养她的气质。又因女孩子到了青春发育特殊的时期，有时会出现身体体力不支等现象影响学习，我就每天待她放学后送她到体育馆进行游泳锻炼，增加她的体能。让这些业余爱好，成为她成长道路上艺多不压身的技能。亲戚们看到我这么尽力培养孩子，在赞扬我这个当父亲的尽职外，也倍加心疼地对我讲：你可不能累着孩子呀！作为父亲，难道我这不是一种爱的表达吗？

为了教孩子做人，孩子被男孩子欺负回家告状，我调和并告诉孩子：“咱们大度点，不跟不懂事的孩子计较。”朋友的孩子看上了我孩子的玩具想要，我教育孩子：“爸爸再给你买个，大方地送给小朋友。”看到孩子一些不良的生活习气，我会毫不客气地给孩子指出来。遇到孩子不讲理，耍性子，我就让她在屋里反思，知道错了再出来。孩子曾对我说：“爸爸，您没有给我一个幸福的童年！”我说：“我想给你一个幸福的晚年。”

为了让孩子从小将学习基础打牢固，从上小学一年级开始，我每天工作再忙，也要回家检查她的作业。一道一道题地检查，如果检查出错题，便让她从第一道开始检查，培养她认真仔细的良好习惯。孩子面对我这种严父，幼小的心灵很难接受，以至埋怨我。作为父亲，难道我不想让孩子痛痛快快地玩、享受童年的欢乐吗？但父亲的责任促使我这样做。

孩子通过自身的努力，终于在我援青前参加考试并找到了工作，这也是作为父亲一直以来付出所期望的结果吧！但愿孩子能把父亲培养她的良苦用心和辛勤汗水的底片，留在心中。

高原之美

盛夏的七月，告别了家乡闷热的天气，带着对亲人的眷恋，跨越空中“桥梁”回到了高原。一下飞机，高原凉爽的空气就让我感到丝丝的寒意，高原的夏天是让人感到舒适的季节，夏天的青海更是游人向往的地方，时光荏苒，我只剩三个夏日能在高原上享受。

从西宁返回海北的路上，“懂事”的天空下起了雨，像是在为我洗尘。绵绵的雨带着缠人的情感，怎么也不肯离去。仰望天空，厚厚的云层预示着这雨一时半会儿没有停歇的意思，我只好把它作为途中的伴侣，尽情享受高原夏季的雨景。

我们行驶在熟悉的山间原野上，路边的青稞和金黄的油菜花像是定时响起的闹钟，使我猛然记起我们援青的时间已满周岁。处于旅游旺季的高原山路，在往日应是车水马龙繁忙的景象，而今天，仿佛被雨冲走了喧嚷，变得像秋季一样宁静，冷寂得使人都能听到山间传来的各种鸟啼声。或许这就是高原，或许只有在这游动的云中伴随着雨滴的飘洒，才能使我感受到高原美丽壮观的景色。

夏季的高原，对游人来说是心神俱醉的季节，它犹如静止的一幅山水油画彩图，能使人情不自禁地联想起北宋诗人苏轼游庐山时的诗歌："横看成岭侧成峰，远处高低各不同。不识庐山真面目，只缘身在此山中。"

夏季的高原，一天四季。云层游动的速度和厚度决定着人们享受阳光的多少，更决定游人们享受雨露滋润浸染的程度。

我一直认为大美青海作为世人向往的地方，它真正的价值在于它的文化氛围和高原牧民千年不变的生活方式。王洛宾一曲《在那遥远的地方》，用深情的情感和韵味，通过脍炙人口的主旋律，将宽阔的草原上美丽的姑娘、草原和牛羊，展现在世人面前，让世人传颂。

面对高原，酝酿的沉思让我猛然悟到高原美丽的景色只是一种表象，而真正精美的底色是它那积淀深厚的历史。如"三江源的发源地"，"世界佛教文化的传承点"玉树，"和平使者"文成公主

和金城公主等，为中国灿烂悠久的历史文化增添了美丽色彩，更是彰显高原之美的生动写照。

高原岁月因夏冬两季的轮回，使许多历史的冲突和草原上的绿茵一样，已被光阴储藏。从人类出现的那天起，草原就有了牛羊和牧人。而青藏高原又不同于一直处于高寒气候的西藏牧区，青海还有着“三面孔”之称的气候环境。从拉萨到昆仑山口的区域是青藏高原高寒区，从昆仑山口到青海湖西边是柴达木盆地干旱区，从青海湖到西宁则进入了东部季风区，地貌上属于黄土高原。这就使青海既有牧区，又形成了以青稞粮食为主而又特色分明的传统农业结构，也出现了属于东部季风区气候的门源万亩油菜花而盛名的“门源油菜籽”食用油。

由此让我联想到，有藏族、回族、蒙古族、撒拉族等几十个民族共同和谐生活的青藏高原，恰恰昭示了它与世无争的包容并蓄，这也诠释了根植于我们国家的儒家理念，那么平稳周正，那么襟怀博大、生生不息。

更显现出了他们的和谐之美，高原之美。

家乡秋思

家乡的秋天，爽！

从高原回到家乡一周的时间，虽然，身穿秋装，早晚有点凉爽，但是，秋老虎的“威风”，还是让我感觉到了家乡和高原的温差。

漫步在家乡的林荫小道上，使我感到那样的亲切和舒畅。心想，是这里的一草一木，伴随我青年时期生命的时光，看到周围熟悉的身影，难抑心中的那份情感，顺手摘下一片发黄的树叶，好美！每个人的成长，就像树上美丽的树叶，一年又一年，一秋又一秋更替着，有一种无法诉说的惆怅。说不上为什么，秋天总是给人一种清朗的感觉，真实得像藏在森林深处的一弯清清的池塘，偶尔只随着微风浮起一丝丝的涟漪。

四季更替，伴随我们往生命的终点行走，一次次地采撷着我们生命中的精华美好，缱绻在老去的光阴中，抚摸着一年又一年的印痕。

是啊，秋去冬来，多少美好的生命足迹成为留恋的往事，恍恍惚惚地便在岁月的更迭中让我们衰老。

一片秋叶落下，像人丢失了有生命力的细胞。自然增加了我们脸庞的皱纹，产生这种无法抵抗的伤痛，穿过我的心间，使我深情地回眸。假如时光能够倒流，我只想用一颗虔诚的心为你祈祷，化作一枕相思，万缕柔情，让你在潺潺的时光中绽放那活灵活现、花开花落的美丽。

人生在世，草木一秋，浮沉间，已物是人非。秋风沉思，聆听岁月流淌的声音；找寻一片流云，俯仰万物消逝的痕迹。独拈一袖沧桑，追寻有你的美好。默默地看着一地的萧瑟，渐渐在心头涌起的是凋零后的凄凉。叶绿了，又黄了，犹如人的黑发变白发。

留下的不只是美好，还有岁月无情的脚步，积累的还有岁月的痕伤。草木枯荣，万物使然；云卷云舒，思念成昨！

九月的天空，弥漫着氤氲的气息，沉闷的季节，我无力诉说。寂寞华年，秋依旧，风依旧，人却天涯。轻叹芳华，若梦若离，素笔描青花，却依然无法描绘出流年最美的记忆。如果季节能够勾兑色彩，那么交织轮回的生命便是这动感的浪漫与凄凉，虽然曾经这般的含蓄而深邃。

一个人心灵流浪久了，空虚的灵魂总能闪现繁华背后的萧瑟。固守的信念，禁锢了激情的青春。我自信，不管路有多么艰辛，我都会回头总结思考，一如夏日已经离去的暗香，仍然浸染着属于自己的缤纷色彩。描画的往昔，感觉生疼。指尖笔触，锈迹斑驳的文思不再泉涌。一切，都源于思你，念你的苍白。

有人说，“秋天是善变的季节，是多思的季节，也是离别的季节”。我不知道，也许，提笔成愁，墨颜忘色，秋心招摇时都早已是时过境迁。当秋叶又红，一切已经淡去。

是否，心已沧桑，远古的青春在岁月里变得模糊不清。步入中年的我们，固守着一个传说，却无法预知明天。红尘中，如果这一生只是这样短暂，我宁愿将那中秋梧桐的片片清愁凝结成我的丝丝眷恋；如果这一生只是这样的苍白，我依然不会让荒芜占据我心田，因为晚霞中那只红蜻蜓曾经轻轻地飞过我的窗前。就这样深深的驻留在了我的梦里！

伫立在秋意融融的波段里，与秋风融成一段美好。在心的渡口，事业之帆已成舟。挥一挥衣袖，抖落一地的清寒，弥留的暗香还在鼻息里肆意流淌，任一颗澄明的心，随着那昨日的三千痴缠和无奈流失的幽幽暖意，悄悄地飞逝于指缝间。唯有一缕思念，依恋在秋日的瞬间。

深恋秋，在落叶漫天飞舞时，留恋那段时光，任凭秋风吹乱我碎片的记忆。这一刻，任留恋击清寒……

高原的秋雨

清晨，窗外“滴答滴答”的秋雨声如同定时的闹钟，打断了我沉睡中的思绪。

一场秋雨一场寒，高原的秋雨不像我们内陆地区的会驱赶闷热的夏季，还庆贺秋收的喜悦。这里秋天的小雨只是让我们早早地感觉到了屋中暖气的温暖，使我望着雨天的高原，也如同望着阴霾的天空，没有一点诗意。高原的气节让它的夏季不会期盼秋天的凉爽，而秋天的雨让在内地原本追求凉爽秋季的我，在高原却已经体味到了冬一样的寒意。

高原的秋雨在画家的笔下是凄美的，像是为高原的山脉涂上厚厚的冰层，雨过天晴后，山脉像一艘艘巨轮，似在海洋般广阔的草原乘风破浪！这样的美景，谁还说秋雨是寒冷的象征？高原秋雨还连起了杜鹃和格桑花的浪漫，像是草原中男女青年奔腾跳跃的优美舞姿！雨中寒意在心中温暖，秋雨的清爽，犹如清脑的“兴奋剂”，将脑中掩埋已久的思维，激发出寂寞、灵感和激情，冲刷你心灵深处的郁闷。所有的痛、所有的苦都随秋天的风雨飘远。

也许，我无法感悟高原秋雨高深的禅意，但高原的寂静带给我平静。高原一马平川的柏油路，没有内陆宽阔拥挤的马路上为名利、生存不停奔波的嘈杂，或看重周围环境、关注别人的看法、在乎着有限的安逸或享受的感受。

高原的秋雨，正如高原的雪山，静静地履行着在高原的使命和责任。它们给人类奉献着自然美的享受，它们用草原的情怀，无私为生存在地球上的生命输送着高原有限的养分。正是有了高原的秋雨对污浊灰尘的洗刷，雨后高原中的植被才会显得格外绚丽和富有生机！

原子城之魂

此刻，身在原子城之中。

周围，是茫茫草原和无边的山脉；远方，牛羊、帐篷和四季如一的雪山似乎浮动到了眼前；仰望，是浩瀚的白云蓝天，一群雄鹰正从皑皑的雪峰中穿越，仿佛它们是常年睡眠在青藏高原松柏下的英魂，在向我们展示当年的英姿。

在原子城的纪念碑前，思绪畅游。它犹如广阔无垠的草原的胸怀，把我紧紧拥抱，让我强烈地感受到先辈们的心，随着《在那遥远的地方》的美丽动听的旋律节奏，正同我的心一起跳动。

最早知道“原子弹”，还是在我儿时。因为它的诞生，片刻间，国人像被注入了充满激素的“钙片”，使低调的傲骨昂首挺胸在世人面前。三年原子城的浸染，让人感受到原子城英魂充满“传统正能量”的智慧，让共产党人牢记曾在党旗下的誓言。

在青藏高原上，仰望充满温馨的小镇（西海镇），会产生很奇幻的感觉。是怎样的一种精神，让当年的先辈们，克服被称之为“断氧层”的恶劣环境和核辐射对身心造成的巨大的伤害，给“龙的传人”架上了拥有势无可挡力量的翅膀，使当时世界的“霸主”们目瞪口呆、胆战心惊？噢！是“三江源头”黄河子孙浩然的正气，是中国巨龙的惊醒，是中华几千年的历史文化！

诞生在青藏高原雪山草地中的原子城，对中国的文明史来说是一个响亮的名字，多少故事发生在那里，多少才子俊杰诞生在那里，多少光辉诗篇留在了那里。

我想起了原子城古往今来那些永垂青史的人物！

想起了唐朝文成公主，为了国家的繁荣统一，奉献出了自己的一生！想起了爬雪山、过草地的西路红军，为了把当地受奴役的少数民族兄弟救出苦海，奉献出了宝贵的生命！当然，更没有忘记那些奉献了青春和热血的“原子人”—— 钱学森、钱三强、王淦昌、邓稼先、任新民、黄伟禄……还有用身体保护“两弹”绝密材料而献出生命的郭友怀和他的秘书。此时，使我想起郭沫若先生为钱学森写的诗歌：“大火无心天外流，望楼几见月当头。太平洋上风涛险，西子湖畔数风流。冲破藩篱归故国，参加规划献宏猷。从兹十二年间事，跨箭相期天际游。”写出了以钱学森为代表的充满浪漫主义的科学界先辈们的情怀。

从青藏高原的原子城，展望中华历史的长河，犹如苍天有意在此汇成黄河、长江以及澜沧江三江之源。原子城在英灵们的影响下，对后人的道德情操、精神风貌将产生好的作用。因为他们无私奉献的精神，像一首优美动听的音乐主旋律，激励人、鼓舞人。他们与残酷严寒的环境和疾恶如仇的敌人的斗争，更是蕴涵着丰富的生命哲理。他们那种为了后人甘愿牺牲的大无畏精神，在高原的孕育下，沉淀为深厚的文化底蕴，潜移默化地影响着中华民族的后人。

我曾经问许多到过青藏高原原子城的游人“青海美在哪里”，多数人都不假思索地回答：美在湛蓝的天空、白白的云朵，还有茫茫无边的绿色草原；还美在草原中成群的牦牛和羊群，还有唱着美丽动听歌曲的百灵鸟！是呀，青藏高原孕育出多少美丽的风景，但那只是外在的表象，而青藏高原真正之美在于它的历史悠久灿烂的文化，在于一代代在青藏高原涌现出的杰出代表，为了后人甘愿牺牲一切的信念之美，责任之美，奉献之美。

作为原子城人，我更喜欢徐志摩的几句诗：“轻轻地我走了，正如我轻轻地来，我轻轻地招手，作别西边的云彩……悄悄地我走了，正如我悄悄地来，我挥一挥衣袖，不带走一片云彩。”

原子城的英雄们，不正是轻轻地来，悄悄地走，没有带走一丝云朵吗？但他们的留下的精神之歌，将鼓舞着后人延续传唱。

低调的高原

姗姗来迟的春天，终于在 5 月吹绿了枯黄的青藏高原。

言之不预的春风早已将青海湖里的冰层吹开。湖水，在清澈的阳光下变得湛蓝并富有青春的活力。而生存在高原的湿地周围，也不甘落后地生长出一片明润的嫩绿，在高原大地之间显现出悦目的生命表情，在清明的晨光中让人仿佛沉浸在“满园深浅色，照在绿波中”的境界之中。

高原的独特风景总是因草原的装扮而显得辽阔璀璨，并在沼泽、滩涂、湿地的点缀下富有生机，尽显大气。无论是在漫长的冬季，还是在短暂的夏季，它总是以博大的胸怀留出点碎片之地给野塘、湖泊、河沟“栖息生存”。正是高原无私的情怀，使得高原无论是在战火硝烟的年代，还是和平温和的时期，都可以平静心态面对反复无常的自然气候和人为的惊扰。

在漫长的岁月里，高原营造出一片片生命的家园。

从睡梦中醒来的水鸟们，用欢快的呼叫声开始新一天的生活。百灵鸟用欢快的歌声，在高原的草原上飞舞着，歌唱着；大雁率领着刚会飞的小雁，在青海湖中练习捉鱼的本领；还有装束美丽不知名的小鸟，在湖面上、草丛间欢快地追逐、打闹；也有的水鸟依傍着湿地草丛，静静仰望天空中的流云，露出一副满怀心事的憨态。那些茂盛的湿地草原，白天是水鸟们表演的舞台和道具，夜晚就成了它们的纱帐与温床。高原短暂的春天标志着水鸟们到了恋爱、成家或生儿育女的时候，各种草丛、峭壁间便是它们的浪漫花园、温馨的婚房或舒适的产房。无数鸟类的生活和爱情故事，就在青藏高原的草丛、峭壁间的庇护见证下，一代代地延续着。

青海湖的湿地，以大雁、鸬鹚等上百种鸟类栖息而闻名，每年都有大量的游客被吸引到青海湖鸟岛，在茫茫“蓝海”中，欣赏那些优雅的精灵。而每当游人散去，喧闹过后，大雁和鸬鹚鸟便会在黄昏到来之际，尽兴地在安谧的家园戏耍欢唳，享受着一天里最安逸、最温情的时光。在它们的生命深处，芦苇不仅仅是嬉戏的乐园、安宁的梦乡，更是生存的依靠。

地处青海湖北边的海北州，有一片典型的高原湿地，它是大量留鸟的安定家园和众多候鸟的舒适客栈。漫步青海湖湿地，放眼整齐、清俊的湿地，高低起伏碎块状的水面晕染出一片片形状优美的色块，水鸟们不时隐身其间，或现身在倒映云天的水面，那种悠游其中的自在，其乐融融的情态，足以让人陶醉。

青海湖边的山脉，海拔有 5000 米左右，一年四季的高原雪，就像人类的帽子，戴在山脉的顶端，在高原灿烂阳光的照耀下，释放出激情四射的活力，金碧辉煌，并在高原凛冽寒风的伴舞中，抖擞着一身的豪气，为人类的“三江源”储存着生命之水。青藏高原的雄鹰，在湛蓝的天空中盘旋着，像守卫高原的哨兵，在高原宽广无边草原的天空中，机警地四处张望，监视着侵蚀草原的各种兔鼠，为保卫草原各种食草动物的粮仓，辛勤地守候着。

高原，总是悄然无声地伴随着各种生命，灿烂芬芳。

像高原中的格桑花，有了高原的陪伴，才显现出其苗条的身段，美丽鲜艳的服装，才能在高原的舞台翩翩起舞，绚丽多彩。像骏马，只有在高原宽广的草原上奔驰，才能显示出它那英俊的身姿。像雄鹰，只有在高原的天空展翅飞翔，才能展现出它气势威武的鹰姿。

草原有了高原的衬托，才更加显现出它的美丽自然。

高原，又常常在不经意间触动着人们的心灵，人们向往高原的美丽。因为高原的美丽，能给予人新鲜的空气，启动着人类的激情，绽放着人们的畅想。高原的宁静，能使人消去身上的浮躁，不为名利所累，潜心养性，似为修行。

高原总是以它默默的身躯，陪伴着大自然，陪伴着各种生命。高原总是以它含而不露的博大的胸怀，见证着人类几千年的文明史。面对各种生命的需要，无私奉献着自己的一切，包容着一切。它总是无声无息地散发着超脱尘俗、宁静自甘的气息，为谱写中华民族历史，以淡远的韵致，释放出更加精彩的笔墨。

有高原的地方，总会洋溢着生命的暖意和温情。

这就是低调的高原。

静守等待绽放

聪明睿知，守之以愚；道德隆重，守之以谦！

此句的含义使我受益匪浅！人生只有经历风雨，心中才能见彩虹。凡是事业的成就者，都离不开心静的开悟。

心静才有定力，才能具有“出淤泥而不染”的品行！这便是莲对我们的启迪。以“自娱自乐”自励，无论工作、生活处何种境遇，都静守心底的正直、纯洁、善良。谨微慎独，用思想走路，绽放自我，其乐融融。

淡然心定。自工作以来，无论从事什么工作，处于什么岗位，我都以风的洒脱笑看过往，以莲的恬淡随遇而安。从事每个行业，心不定则无功而返。因此，要想充实人生，就要有“干一行，爱一行”的境界，不断激发自身的工作激情。人生的价值体现不在结果，而在于勤奋努力的过程。每当看到单位临近退休的老领导，整日笑容可掬，爱岗敬业，并乐此不疲，心下诮笑其傻。有次闲聊，问个中缘由，他笑答：淡然心定，不被浮名遮望眼。我的心为之一颤：说得真好，淡然心定，就会正视自我，不以物喜，不以己悲；就会神凝气定，执着事业，始终不渝。自此，默然储备，静水流深。做到心静如水，还要在静中行走。当事业的平台没有搭建完成的时候，要养成换位思考的习惯，如果组织上交给一项工作，你怎样谋划工作思路，怎样用人，怎样协调，怎样适时汇报工作的进展程度；完成工作后怎样总结工作的成绩，怎样避免工作中出现的瑕疵和纰漏，这都需要换位思考的能力。要养成在岑寂中静默读书的习惯，读书就是借鉴，借鉴前辈们的思想，总结前辈们工作的得失，以免自己重蹈覆辙。因此，阅读就是阅世，以书为伍，自然会少一分浮躁与庸俗，多一分积累与儒雅，做本色的我，生命亦会为之灿然，自己也会乐在其中。

俨然尽责。有位哲人曾言：要使一个人显示他的本质，叫他承担一种责任是最有效的办法。生命与崇高责任相关联。静守贵在心怀庄重，尽好责任。无论身处何境遇，无论工作岗位怎样变动，都应坦然面对，勇于担当，将每一次“不幸”视作激发自身潜能、有所作为的机会。因为我知道萤火虫只有在振翅的时候，才能发出光亮。责任不是等待，因而即使在不同岗位上，人们也能有所建树，也可以实现个人价值。由此我懂得，责任是具体行动，唯有时时将其牢记于心，溶入魂魄，燃成烛火，才能不辱使命。

湛然明正。明代诗人于谦有言“粉身碎骨浑不怕，要留清白在人间”，人品正，是力量之源。工作中，在许多优秀的领导和老同志身上，我学到了正直守信的操守，恪守坦诚磊落、与人为善的信条，处事端正，不谋私利。无论在基层还是在省城，无论担任什么职务，都能与上下级和谐共事，得益于静守人格魅力，中规守矩，赢得了各方信任。实践一再证明，“管却自家身与心，胸中日月常新美”。唯有维护尊严而自重，保持纯正而自省，不以利害移操守，不为私情失公平，才能站位高处、干在实处、立身亮处，绽放魅力，终生不悔。

扫码听音频

同学们，我记得你小时的模样

我记得你小时的模样
四十七年前
羞涩、稚嫩的身影
就像一排小树
列队在小学的校园
幼时的心灵
如果非要用一种树来形容
那，我选择白杨
挺拔、正直的个性
彰显出更多的是坚强
把全部的枝丫
指向蓝天

向着太阳
期待成长的渴望

同学们，我还记得
当鲜艳的红领巾
飘荡在你胸前时
衬的你满面红光
那质朴代传的布衣裳
穿在你身上
总有些逛荡

我们从未相遇
却一道走进这
用笔画和数字形成的教室
用时常涂抹粉笔的双手
接过队旗
跟随队歌
让少先队的旗帜
在校园中
迎风飘扬

多少次欢歌笑语

入梦来
多少次相互戏闹
分外香
经历过雪花纷飞积雪人的时光
才锁住了少儿的情感你我他

小学，是一段令人向往美好的记忆
同学，是一种催人奋进的力量
还记得与同桌画上羞涩的分界线
还记得在朦胧的戏耍中找媳妇
还记得你撑起小腿枴同学的嬉闹
更记得你玩耍调皮告黑状的情景
忘不了课堂上琅琅的读书声
更忘不了被老师点名答问题的优越感
天真单纯是我们童年的韵律
我是接班人
就像八九点钟的太阳

童年的记忆
是我人生经历中最美好的时光
小学的岁月
是我生命的乐章里

最清纯的交响
四十七年
经历了风风雨雨
却无法忘记那小时熟悉的模样

曾经在青藏高原
我只身孤独沉寂在缺氧的青海湖边
视远行似修行，把孤独当享受
静心品味人生的味道
我大声呼唤着童年的岁月
也感觉到你们一定是听见了
因为有一只百灵鸟
在草原的上空为我们歌唱
曾经是你们的名字
镶嵌在脑海的记忆中
课堂上的比学赶帮
摩擦出同学们并肩相视的畅想
相信你无论身处何方
只要你打开用心
裹藏在记忆中的底片
一定会在站位中找到童年的形象

同学啊！你是我生命中最凝固的记忆
同学啊！你是我内心深处最柔软的珍藏
一场憧憬
地久天长
一日同窗
终生不忘
问世间
还有哪一种情感亲如姊妹
能像同学这样挂肚牵肠
岁月更迭
时光流淌
当年最帅的俊男靓女
曾经最美的新郎新娘
如今已是儿孙绕膝
桑榆晚景

我们都老了
血压在上升
记忆在模糊
但是
我也许会忘记
身份证的号码和信用卡的密码
也断然不会忘记

501厂第一小学
这串烙印的数字
因为它已化为我生命的翅膀
使我永远拒绝苟且钟情远方

再过十年、二十年、三十年
那个时候我们真的老了
每一根白发都饱经沧桑
每一线鱼纹都意味深长
但是，只要一声召唤
我们还会重返山铝
还会欢聚一堂
哪怕是坐着轮椅
拄着拐杖

那个时候
我会趴在你有些耳背的肩头
大声说叫一声
老同学
我还记得你
小时的模样

远方，那片海子

姜波　爱萍 / 文

以梦为帆，再见青海湖——

七月，是一个令人激情澎湃的季节！

七月，是一个令人难以忘怀的季节！

2014 年与 2015 年的 7 月，我先后两次朝拜了被已故诗人海子比作“蓝色的公主”“青海的公主”，在其《绿松石》一诗里温柔地比作“绿色小公主”一样珍贵宝石的青海湖。

青海湖不同的季节里，景色亦迥然不同。据说夏秋季是其风光最美、最旖旎美丽的季节。

之所以选择 7 月，不仅仅因为 7 月正是油菜花盛开的美丽季节，更因为 7 月是青海湖祭湖的时节，亦是自 2012 年 7 月创办起始，每两年举办一届的中国青海（德令哈）海子青年诗歌节举办的时节。

因了那首遗作《面朝大海，春暖花开》，让多少人从此知道了一个生前苦闷寂寞，死后被奉为中国当代诗歌大师的诗人——海子。

诗人海子对中国西部情有独钟。他曾到达过圣洁的青海湖，并留下三首著名的诗歌——《青海湖》《绿松石》和《七月不远》。

七月的雨后，晴空万里，在青海湖风光旖旎的南湖畔，我深深地呼吸着雨后如洗过般甜润清澈的空气，张开怀抱，扑向那片清澈纯粹的湛蓝——我要把你拥抱入怀，青海湖！

眼前，在雨后特有的万里无云的晴空下，是一片镶着晶莹莹的雨露、碧绿如茵的草滩，一畦畦油菜花在阳光下泛着炫丽的金黄。在这绿色和黄色的背后，衔接着无边无际的蓝色的水。它蓝似海洋，可比海洋要蓝得纯粹；它蓝似天空，可比天空要蓝得透彻。青海湖的蓝，蓝得纯净，蓝得深湛，也蓝得温柔恬美。那蓝锦缎似的湖面上，起伏着一层微微的涟漪，似美丽的卓玛那水灵灵、亮晶晶、忽闪闪的眸子。青海湖水所以如此湛蓝，是因为湖面高出海平面3179米，比我们家乡号称五岳之尊的泰山两座还高。据当地人介绍，因为湖水中含氧量较低，浮游生物稀少，含盐量仅在0.6%左右，因而，透明度可达到八九米以上，湖水才如此晶莹明澈。

在这雪域高原独有的那种粗犷自然的美，质朴的美，会让你深深感悟到什么是自然之美，什么叫简单才是最美。

七月的青海湖，四周巍巍的群山和西岸辽阔的草原披上了色彩纷呈、繁花似锦的盛装。辽阔起伏的千里草原就像是铺上一层厚厚的绿色的绒毯，牧民的帐篷，星罗棋布；成群的牛羊，飘动如云。

那数不尽的牛羊和膘肥体壮的骏马犹如五彩斑驳的珍珠洒满草原；蓝蓝的天上，一朵朵形态各异的白云，无声无息自由自在地随风飘荡，有些仿若是游走在童话世界里蓝色天幕上的一朵朵白色的巨大的棉花糖，有些则若低首垂眉等待她的白马王子跨越山海来与她一许衷肠的白天鹅。湖畔是大片整齐如画的田畴，青稞与油菜花错落有致，浪波潋滟闪烁。日出日落的迷人景色，更充满了诗情画意，使人心旷神怡。那巨大天幕的尽头，万道雪山霞光里，水天一色的青海湖，却好似一泓纯净清澈、无声浩瀚、无边无垠的玻璃琼浆在轻轻荡漾。那万顷碧波，是那样纯净、澄澈、安谧、恬淡……

屏住呼吸！此时此刻，你唯有屏住呼吸，才能以朝拜者的心、朝拜者的仰望之姿觐见这圣湖，感受这胜景！

青海湖除了拥有迷人的美景，自然还会拥有许多美丽神奇的

传说。

传说，在青海湖的中心有一座小岛，叫海心山。海心山又叫龙驹岛，也称仙山。它位于青海湖心偏南，距南岸 30 多公里。全岛东西长 2.3 公里，南北宽 0.8 公里，面积为 1.14 平方公里，形如螺壳。据说山上，绿草如茵，轻区薄云，淡水清泉，古刹白塔隐存其间，犹如步入仙境一般。攀上海心山的顶端可以远眺青海湖的全貌。海心山四周环水，远离尘世，境地幽绝。每年从 11 月中旬开始，湖区气温会下降到 0℃以下，青海湖便开始结冰。到翌年 1 月份气温为最低，全湖形成稳定的冰盖，每年的封冰期平均有 108 ~ 116 天，到 4 月中旬后，湖内冰块才完全消融。

当地朋友说，封冰后冬时来观赏湖光山色，满目皆白，浩瀚碧澄的湖面，冰封玉砌，银装素裹，就像一面巨大的宝镜，在阳光下熠熠闪亮，终日放射着夺目的光辉。

“一片绿波浮白雪，无人知是海心山。”

传说，在海心山上有一种花，名叫佛花，色嫣红，形如罂粟花，叶似蔷薇，每年农历四月开花，香气袭人。海心山寺，也叫莲花庵。

晚霞再一次洒满青海湖。月光温柔地给青海湖披上一件巨大的银色斗篷。是啊，唯有这纯净如水的银色月光才配做“青海的公主”的夜衫。

月光下，青海湖碧光粼粼，微波荡漾。

传说“世间最美的情郎”，情歌王子、六世达赖喇嘛仓央嘉措离世版本之一就是在浩瀚冷寂的青海湖畔一个月光如水的夜色里吟诵着他的情歌投湖决绝而去。年仅 23 岁！身为北大才子的诗人海子，对青海湖一见钟情，书写下三首倾心诗作。他们都是把最纯净的情愫奉献给了他们心中的最爱。青海湖在风中那经年不息轻轻荡漾着的一层层涟漪，又何尝不是他们书写在青海湖心上的一行行情诗？

望着那一湖碧水轻轻荡漾着的一层层涟漪，聆听着夜色里那无声的吟咏。

风渐渐隐退。独坐在水岸上，听风穿梭而过的声响，看鸟的翅膀划过湖水的痕迹，遥想着前世今生的缘聚缘散。

若有思念，这一刻应该是最纯净的，如同，眼前这一汪月色下的湖水。

七月，一个令人热血沸腾的美好时节即将到来！

远方，那片海子……

今夜，我要以梦为帆，再见您，我的海子——青海湖！

那里，并不遥远

姜波　爱萍 / 文

自从多年前观看了那部由甘肃歌舞剧院创排表演的大型多幕民族舞剧《丝路花雨》后，那美妙变幻的“千手观音”、那灵动飘逸把无数朵七彩花瓣洒向人间娇俏妩媚的飞天，那善良美丽“反弹琵琶”的英娘、那充满异域风情婀娜多姿的“波斯舞”，那被细雨打湿了的声声驼铃，那夕阳西坠下的黄沙古道，那极具震撼力的丝路传奇和享誉中外的敦煌石窟壁画，那一切一切便由此种下了我对神秘敦煌和漫漫丝绸之路无限敬慕向往的种子。

四季轮转，时光荏苒。岁月燃烧，青葱不再。不再推延，不再明日复明日。

2015 年 9 月初，乘坐高铁列车，从青海西宁出发，一路向西，向西，我与家人便来了一次说走就走的旅行。我们向大美敦煌一路挺进。

“敦，大也；煌，盛也。”敦煌，盛大而辉煌也。

敦煌是我们中华民族悠久历史孕育出来的灿烂古代文明与文化圣地。虽然敦煌历经沧桑，几度盛衰，步履蹒跚地走过了近五千年漫长曲折的岁月，但是她那遍地的文物遗迹、浩繁的典籍文献、精美的石窟艺术、神秘的奇山异水……依然掩抑不了敦煌这座大漠中的小城的璀璨光芒。她就像深谷幽兰，在远离一切繁华浮躁的大漠深处，无声地绽放着她绝代千古的芳华。她仿若一块青翠欲滴的翡翠镶嵌在金黄色的苍茫戈壁大漠之上。她的神奇、丰满、厚重、绚丽，她的一草一木，轻轻浅浅一颦一笑，哪怕是那么随意的一举手一抬足，都足以使世人沉迷陶醉。她流传百世的岁月陈香令苍茫戈壁生机永存，万世流光溢彩。

作为昔日丝绸之路的繁华中转站，敦煌在历史上曾经是中国广阔版图上的西部明珠。虽是如此，毕竟是在茫茫戈壁大漠深处，曾经繁华的万丈红尘在一片戈壁之上，定是有些冷清，甚至有些寂寥吧。

在一片云蒸霞蔚如血夕照中，我们终于来到敦煌。

稍做洗漱，从落榻酒店乘车来到敦煌市区中心地段——沙洲夜市。瞬间先前的疑虑、疲乏便被眼前的一切一扫而光。

我们跌入一片流光溢彩欢乐的海洋。长不过百余米，宽不过二十余米的夜市，商铺林立，人头攒动，人挤人，人挨人，轻松快乐洋溢在每张映入眼帘的面孔上。歌声、乐曲声，还有摊主热情殷勤招揽游客声，立刻便把你从之前的疲乏清冷拉入一片热闹非凡的火热中。我们选了一处现场可以点唱的摊位处落座。吉他声起，歌手唱起汪峰的那首《怒放的生命》。

……

我想要怒放的生命

就像飞翔在辽阔天空

就像穿行在无边的旷野

……

我想要怒放的生命

就像矗立在彩虹之巅

就像穿行在璀璨的星河

……

夜色在流淌，热情在流淌，快乐在流淌，生命在沸腾，生活就是眼前这一切。是的，在这里，你感受不到臆想的那份苍凉冷寂，你忘却了日常那些琐碎烦恼；在这里你只会被一种激情与活力点燃，你感受不到大漠的冷风寂寥，你感受到的只有发乎千年的怒放的生命的激情和生命的呐喊。走向矗立在人类世界文明的彩虹之巅的莫高窟，在她的瑰丽身姿旁，你会因为她千年不朽的璀璨魅力感染着想去怒放，想让你的生命也绽放出一片精彩与美丽，哪怕一点点！

次日我们终于伫立在三危山脚下。莫高窟对面，是三危山。

《山海经》记，“舜逐三苗于三危”。可见它是华夏文明的早期屏障，早到与神话分不清界线。

面对那片神奇，你唯有以仰望之姿才能拜瞻莫高窟那震惊世界的美丽容姿。

第一眼看到那气势恢宏神奇美丽的敦煌壁画我就被震撼了。那些精美的壁画，在粗砾的黄沙岩壁中隐藏千年，一朝得见，唯有惊叹。

千年来所有的美丽就滞留在你眼前。那些已经成为尘埃的画匠绘制出他们想象中的神佛天使，那经年亘古干涩的洞壁竟然承载了如此绚烂的想象。

你看 158 窟的卧佛，长 18 米，是莫高窟涅槃佛中最大的一尊，简洁，肃穆，宏大，深沉。其南、北壁的立佛与倚坐佛与主尊涅槃佛共同组成三佛结构，代表了过去、现在、未来三世意涵。作为莫高窟中唐时期具有代表性的洞窟之一，它那日臻完善的佛教艺术和那神形合一、神态各异、性格鲜明的人物造型，使人赞叹不已，流连忘返。远山近水，楼台水榭，众天云集，七宝池中宝莲盛开，菩萨于莲花座上胡跪合掌恭敬听法。释迦前面平台上，伎乐双手握巾起舞，两旁乐队演奏，阶前美音鸟迦陵频伽两手举花供养起舞，场面宏大，加上背景上的高大建筑群体，使这恢宏巨制的经变，成为莫高窟中最大的一幅。还有那鸭子、鸳鸯、鹿、狐狸等，宛如一幅情趣盎然的山水画。据说那 259 窟北壁东侧第一佛龛的禅定佛嘴角的微笑是最彰显和代表东方含蓄的微笑，比蒙娜丽莎的微笑早了 1000 多年……

至此，已足以让你领教感受到我们祖先在佛教艺术方面具有多么丰富的想象力和巨大的创造力了。

一笔、一抹，粗糙、柔美，都是一种难以用语言描绘的精美和神奇。

你再看不同朝代的飞天，造型从面相狰狞到飘逸灵动，均不同于西方长着翅膀才能飞上天的婴儿肥天使那份拘泥小样。敦煌的飞天有着自然天成却又超于自然的灵动仙气。她们不需要借助什么翅膀，她们只需要泱泱华夏始祖黄帝时期发明的、那自小小桑蚕茧抽丝编制取得的天然蛋白纤维、制作出的薄如蝉翼、最珍贵的东方丝绸。数丈彩练轻轻缠绕，轻轻巧巧就飞上天穹，向人间播撒雨露芬芳和吉祥幸福。俏皮时还会来个勾腿翘臀反弹琵琶，让你瞠目结舌唯有羡慕。那兼具东方亘古隽远韵味奢华样式华美的衣衫，线条流动似水，轻柔飘逸似风。屏住呼吸，虔诚地抬头仰望，你似乎都能听到那来自石窟穹顶、巧笑倩兮的飞天嘤嘤的嬉笑妙音。再掠过那衣袂飘扬间数丈彩练轻柔传递过来的一丝丝一缕缕轻轻扬扬的风，你听，你侧耳听啊，你会听到一片片七彩的花瓣随着清丽悠扬的声声丝竹在流淌着的美妙天音里飘洒着舞蹈着落到你的肩上了，一股来自五千年的沉香顷刻便会把你整个人迷醉了……

那是怎样的美妙神奇，那是怎样的色彩纷呈，那是怎样的情趣生动，那是怎样的活灵活现！那是一个巧夺天工令世界震惊的亘古传奇啊，那可是让中华民族傲视异邦文化与文明的不二骄傲啊！

后羿射日，女娲补天，嫦娥奔月，我们的先祖早于西方几千年就有了如此胆识与气魄。

你一定会惊叹，不，你一定会忍不住一再惊叹的。

据说把莫高窟的壁画连起来，整整长达六十多里。

莫高窟，又名“千佛洞”，是我国三大石窟艺术宝库之一，被誉为20世纪最有价值的文化发现、“东方卢浮宫”，她坐落在河西走廊西端。始建于十六国的前秦时期，历经十六国、北朝、隋、唐、五代、西夏、元等历代的兴建，形成巨大的规模，系统反映了十多个朝代的文化及文化交流的各个方面，是世界上现存规模最大、内容最丰富的佛教艺术圣地。

莫高窟还是一座名副其实的文物宝库。在藏经洞中就曾出土了经卷、文书、织绣、画像等5万多件，艺术价值极高，可惜这些宝藏几乎被悉数盗往国外。现在莫高窟对面的三危山下，由敦煌研究院承建了敦煌艺术陈列中心，仿制了部分原大洞窟，使游客在莫高窟的观赏内容更加丰富多彩。

每走一步，每观赏一座洞窟，每听闻导游对一尊佛、一幅画面、一段久远的神奇传说的讲解，你的心、你的思绪便会与敦煌更贴近一点，走近一步。你望着望着那些娇羞嗔笑的美丽飞天，你也会娇羞了。你望着望着那一笔笔线条勾勒成就的轻盈柔美薄如蝉翼的五彩帛衫，你不知不觉间也纠缠进那些线条中，穿上了那件丝绸美服步步莲花生香了。再一不小心你整个人就会跟着那些美丽的飞天跌入那片色彩中、云霞中，在琵琶声声丝竹袅袅中跟随着那些美丽飞天一起舞袖盈盈腾云驾雾去飞跃彩虹了。

你已经融化在那片神奇中了。

你已经忘了眼前。

……

一篇有感于敦煌神奇伟大的文章中写道:一切为宗教而来的人，一定能带走超越宗教的感受，并在一生的潜意识中蕴藏。我们的先祖古人在这绵延数十里的岩壁洞窟之中留下的精美彩绘，千百年来引来多少后人敬仰惊叹。在历史的长河中，她已成为绝世的不朽。莫高窟，它是一千多年的层层累聚。看莫高窟，不是看死了一千年的标本，而是看活了一千年的生命。这应该就是莫高窟为什么能傲视异邦古迹并且成为“敦煌在中国，敦煌学在世界”的魅力所在吧!

人生在世，我们究竟能够或者应该留下点什么，才是自我价值的真正体现呢?站在古今两种生活的交界处，站在历史与未来的交会点，茫茫沙漠中静默的千年之美，已经告诉了你人生在世来世间走一趟，作为高等于其他灵长类动物的人究竟应该怎样活着才能体现出存在的价值。在平凡的生活中，唯有经得住岁月的风雨洗礼，懂得沉淀，人生才能萃取提炼出生命的精华，生存与生命才会变得有价值和精彩!

我不是敦煌专家，也不是哲学家，我只是喜欢我们祖先的古典文化与艺术，充其量算个文学爱好者，对敦煌也仅限于一点来自网络的有限探询和那出舞剧《丝路花雨》。但是朝拜了敦煌后，我便是个热爱敦煌与敦煌文化的人了。

听司机小许介绍，每年过了旅游旺季，除了老弱病残者，许多敦煌人便会携家带口用旅游旺季挣来的钱走出去，到国内外其他旅游胜地去观光旅游。此时我们见到的敦煌的热闹只属于旅游旺季，待到北风猎猎的寒冬时节，这里便真的会体现出大漠空旷寂寥清冷一片，天苍苍地茫茫的样子了。这里的人一如青藏牧区的牧民，很少把钱存起来，他们认为钱不是为了存着留在以后花的，也不是为了留给子孙的。而是应该花在当下，花在自己可以享用的当下，花给付出辛苦的自己与陪伴自己的家人，这才是挣钱的目的。他们活得比我们洒脱明白。

但是，无论出去多少次，走多远，他们大多数人从没有想过离开这里，到其他大城市生活。

每年 4 月 8 日是佛祖释迦牟尼诞辰，敦煌全城会举办盛大的庆典仪式，为佛祖呈现最虔诚的礼拜与祈福。到那时，无论身在何方的敦煌人，无论男女老少，无论身份地位，大家都会从或远或近之处，从四面八方赶过来汇聚在这里，面对佛祖金身，面对莫高窟奉上最虔诚的礼拜。这一切无关乎其他，只关乎他们是敦煌人，是世世代代生活在敦煌文明与文化身边的子孙后代。他们是敦煌的主人。他们要让敦煌文化世世代代传承下去。他们热爱敦煌，他们要守护敦煌。

“从哪一个人口密集的城市到这里，都非常遥远。在可以想象的将来，还只能是这样。它因华美而矜持，它因富有而远藏。它执意要让每一个朝圣者，用长途的艰辛来换取报偿。”

余秋雨先生如是说。

自古道：行万里路，读万卷书。

诚然，虽然我们生活在繁华优越的现代化都市，但是我们却要跨越重山，涉过万水，才能拜见到敦煌。而他们即使住在如此偏远的西北大漠之地，坐拥着这份世界的珍贵文化遗产，他们却比我们幸运。

一场远行，如果沿途能收获很多人生顿悟和感悟，那么这番远行便是一场修行。

风起处，回望那耸立于荒漠岩壁千年不倒，绵延六十多里的一座座洞窟，望着漫漫黄沙飞尘中那片五彩的灿烂历史文化锦绣，我在心里再次深深地叩拜下去，并且发出一声来自生命最深处的呐喊：我爱你，敦煌！

夕阳西下，夜色浅白。微风用她纤细的指尖轻轻掠过繁荣，掠过戈壁大漠，呼唤着残阳下的莫高窟在这静怡的夜色中闪耀着绝代千秋的光芒。

几只大雁低鸣着飞过三危山，飞向那片绵延六十多里的岩壁。

那是我们世代永享的文化宝地。

走，继续向前走。

那里，并不遥远……

梨花又开放

姜波　爱萍 / 文

春水初生，春林初盛，春风十里，不如你。

春风十里不如你，桃花三里不如卿！

春风十里，不如与你的一场相遇！

相遇，在花样年华！

花样年华，适逢战事正酣！

1985 年 7 月，我们一行十余名军校毕业生，经过一夜夜行车的旅程，来到了位于山东省东部，胶东半岛中部，临黄海丁字港的莱阳市，那会儿还是莱阳县的某部队医院，开启了我们军队白衣战士的崭新篇章。

转眼大半年过去了。春风吹，雁南归！近邻医院西南方向二里地处那条胶东第一大河流五龙河，冰封了一个寒冬的河水又湍湍流淌起来。河床北高南低，水流一路南下，最后流入黄海丁字湾。五龙河上一条宽约十米，长约五十米的简易木板桥是这儿的人们去县城、火车站必经也是唯一之路。

莱阳因盛产莱阳梨而闻名于世，素有“梨乡”之美誉。梨，原产我国，有 2000 余年的栽培历史，种类及品种较多，栽培遍及全国。梨在我国产量之盛、时间之长仅次于苹果。莱阳梨迄今已有 400 多年的栽培历史，明代栽植的“梨树王”“贡梨树”仍然枝繁叶茂。莱阳交通便捷，自古就有“半岛陆路旱码头”之称，是连接胶东半岛各地的交通枢纽，是山东半岛的门户。

河水汤汤，花开两岸。我们在这个美丽的胶州湾迎来第一个春天。

至此，老山前线已先后分两批转至我院近百名伤员。胶东半岛，美丽富庶，气候宜人。胶东人民热爱拥护人民子弟兵由来已久，享誉全国。这儿非常适宜前线伤员疗伤康复。

不期而遇，在这个春天撞见梨花开放。

那夜，枕着青春，在细雨中入梦。

一声花开了，惊醒梦中人。

我们单身军官宿舍楼楼西头紧邻一片百亩梨园。

临窗，昨夜细雨依然。

一夜春雨，满园梨树，枝撑如伞，生机勃勃，春意盎然。千树万树梨花，含烟带雨，悄然绽放，繁盛如雪。梨园，满目葱茏，烟雨蒙蒙，飞雪蔽日，蜂飞蝶舞，风光无限。

昨夜还是花苞朵朵含苞待放的满园梨树，团团簇簇，簇簇团团，满园满树满枝已是竞相恣意绽放的洁白梨花。地下，缤纷落英，落花如雪。虬曲枝丫，枝头，锦簇花团，花海如云。梨花，如雪，却比雪还要美丽静好；梨花，似云，却比云还要纯洁低调。

千树梨花千树雪，一溪杨柳一溪烟！细雨霏霏，千丝万缕，北国的雨，撞见这北国的梨园，与这千树万树盛开的梨花缠缠绕绕，一番相遇，竟缠绕出眼前一派款款脉脉的南国旖旎风情。难怪明代大才子文徵明在诗中写道“粉痕浥路春含泪，夜色笼烟月断魂。”梨花以她特有的那种清新脱俗、低调典雅的气息，自古以来深受人们的喜爱，其素淡的芳姿更是博得诗人的推崇，令无数古今文人骚客仰慕折服。

“玉容寂寞泪阑干，梨花一枝春带雨”，梨花带雨本身其实并不悲伤，一朵朵，一滴滴，一点点，湿润润，鲜活活都散发着生命的悸动，自然，温馨，恬静。心海，被醉成一汪绿色，心田，一片冰清若雪。

这世界一切尽是那么纯净，安好。

眼前的梨花是如此美，美的让你不忍发出赞美之声，生怕惊扰了她！

“白锦无纹香浪漫，玉树琼浆葩堆雪。”“遥知不是雪，为有暗香来。”

这次第怎一个美字了得?！

循着花香，沿着一条铺满鲜花的泥泞小路，走进那片醇美纯洁的世界。

一棵棵，一枝枝，一簇簇，一朵朵，星星点点，密密疏疏，浓浓淡淡，浅浅款款，花托，花瓣，花蕾，花蕊，花丝，花信，地上的纯白，枝头的清丽，一色的挂满钻石般的玉珠，一色的晶莹剔透，一色的浅素嫩白，一色的无声无息，一色的低调纯洁。

清风徐徐，风过处，花枝颤颤，花瓣飞扬，珠溅玉碎，颗颗粒粒，片片朵朵，散散落落，碎碎念念，纷纷扬扬，花浓雨密，雨漾花漫，花香水色，香雾缭绕，芬芳的清凉，清凉的芬芳，满世界的素馨飘零！花雨花语湿意诗意，如梦似幻，无从分辨。

梨花，她没有玫瑰的妖娆美丽，没有菊花的脱俗傲然，没有桃花的灼灼诱人，没有樱花的娇羞妩媚，没有百合的高雅富贵，没有“无意苦争春，一任群芳妒”的梅花那般彻骨的孤傲，但她“粉淡香清自一家，未容桃李占年华”。

梨花，即使落了，香魂犹在。

她花型简单，小小身躯，不张扬，不复杂。她色彩洁白，身姿素雅，性格简单，品性低调。她雨中含露，含语风中。为了迎合清风掠心的柔情，一经绽放，便就那样一直努力开放着，直到芬芳袭人，零落成泥碾作尘。她将自己温暖朴素的心，都染了湿湿的绿，盎然枝头。半盏清歌，肆意葱茏，万千端倪，无怨无悔。

我们一见钟情，我们情投意合。

“袅晴丝吹来闲庭院，摇漾春如线。”恍恍然犹身落牡丹亭，游园，惊梦，蓦然遇见一个喜欢的人。

真好。真心喜欢这种一眼情投的感觉，心湖微微涟漪，流年清清绕过，心里的一草一木又绿了。逝去的那些时光再度清晰、温润，饱满，鲜活，绚烂。

时光，再长，也不嫌久远。美好，再多，也不嫌奢侈。

花语弹指，梦渡尘声。为你，寻香而往；为你，拈花驻足。

愿自己是那千树万树梨花中的一朵，纯净，醇美，安宁，静好。

2015 年 8 月 1 日中国人民解放军建军 88 周年之际，我们毕业 30 周年再聚首。

席间，有人问，后悔吗?

芳华答：当兵不后悔，后悔不当兵！此生无悔！

花样年华，她义无反顾爱上了在老山前线某次战斗中负伤导致右上臂贯通伤，之后转入我们医院进行康复疗伤的他。他住在她工作的外科病房。她，护士，江南女子，出身金陵高官人家，娇小玲珑，开朗热情。他，战士，北方汉子，出身县城一个肉食加工厂厂长家庭，健硕魁梧，勇敢豪爽。

那时，那些在老山前线历经多次血拼激战英勇卫国的将士们，就是当代最可爱的人！这便是那时这些刚刚走出军校大门年轻的女兵最纯真质朴的想法。

之后，她转业，义无反顾带他回到金陵并缔结连理。之后他们有了一个女儿。之后离婚。女儿跟她生活。

简单几句话，便是曾经的过去。

夏日炽烈的阳光，透过酒店大堂玻璃洒落在她的身上，斑驳的光晕里可以隐约看到些许白发夹杂在她的青丝间。目光清落中，她的脸颊上泛着淡淡的微笑，仿是在遥遥无期的骎骎流光里，邂逅着曾经的一段流年，一段时光，一段曾经，一份情愫，一份印记，一份美好。

年华暗替，终也无悔。

梨花的花语和象征代表意义——

纯情，纯真的爱，永不分离。

梨花冰身玉肤，凝脂欲滴，妩媚多姿，应该是柔的化身；梨花，抖落寒峭，撇下绿叶，先开为快，独占枝头，她是刚和柔的高度统一。

搜索百度，如是介绍。

……

忘不了故乡　年年梨花放

染白了山冈　我的小村庄

妈妈坐在梨树下　纺车嗡嗡响

我爬上梨树枝　闻那梨花香

摇摇啊洁白的树枝　花雨漫天飞扬

落在妈妈头上　飘在纺车上

给我幸福的故乡　永生难忘

永生永世我不能忘

……

是啊，忘不了那开放的梨花，忘不了那细雨中春风里漫天飞扬的花雨，忘不了那月下染白了的山冈，忘不了那整个春天家家户户角角落落都飘满洒满落满花瓣的小村庄，还有那条通往梨园的芬芳小路，忘不了那花雨花下花海中曾经回荡着的笑语欢声……忘不了那段浸满花香芳菲的青葱岁月。

那是一段充满青春理想的岁月，那是一段激情燃烧的岁月，那是一段幸福像花儿一样简单明亮的岁月，那是我们终生难忘的军旅岁月。

1986 年 4 月的春天，我们四个要好的战友，分骑两辆“大金鹿”自行车，一路唱着那首“血染的风采”，欢笑着穿过五龙河上那座木桥，向县城挺进，只为陪着芳华去买一件白衬衫。晚上她要与那个他约会，在梨园。一路上我们热烈商讨设计着他们约会的最佳方案和细节。身后八一军旗在我们医院那栋最高的大楼上空正迎风猎猎飘扬。一群大雁人字形列队在五龙河头顶湛蓝的天空中飞翔。四月的春风吹拂着我们年轻的笑脸，拂煦着我们年轻飞扬的心。梦想的种子在这个春天的阳光下恣意迸发，灿烂，芬芳！

人间四月芳菲日！ 自 1991 年起，每年的 4 月 20 日，为莱阳梨节。

……

重返了故乡 梨花又开放

找到了我的梦 我一腔衷肠

……

看，梨花又开放了！

后　记

《草原诉说》这篇散文集是我三年的援青总结之作。初衷是为了兑现 1995 年援藏擦肩而过诺言的一种记载。

面对赏心悦目的青藏高原，只有通过笔墨才能抒发自己对此景此物的情感。身在原子城内，面对“两弹一星”建设者们的原子精神，怎能无动于衷？三年原子城的浸染，我已深深地被先辈们为了国家舍生忘我的信念之美、责任之美和奉献之美所震撼！那是怎样的一种精神！一年三季天寒地冻，有时夏天使人猝不及防来上几场大雪，当地人常说一句话叫“冻死在夏天”，这是对当地最生动的写照。何况此地被称为谈虎色变的“断氧层”地带，一年四分之三的时间含氧量只有内地的百分之六十。当地人的平均寿命只有六十多岁。常年生活在“断氧层”地带，加上高原的寒冷，当地人只有通过牛羊肉和青稞酒补充身体的热量。长年的生活习惯，使他们患上高原心脏病等高原环境带来的疑难病状。就是在这种恶劣的环境中，研制“两弹一星”的先辈们，仍怀有一种革命的浪漫主义情怀“献了青春，献子孙”，怎能不令人钦佩和敬仰！因此，只有用笔把他们的精神财富珍藏起来留给后人。此作品的设计也是激励妻子，拿起青年时经常发表散文小说的手中笔，充实自己的晚年生活。更感谢她承受了三年的孤独、克服生活中的各种困难和对我援青工作的理解支持。还有家里的老人和姊妹的鼓励厚望，更是给处于事业成长期的女儿起到示范作用。还要对我工作以来，曾经给予我生活上的关心，工作中的理解、宽容和信任，并支持我的长兄、大姐般的各级领导表示感谢，更是一种汇报。感谢兄弟姊妹般的朋友，对我一生中的相扶。当我在生活中遇到跌磕蹭蹬的时候，你们总是用激励的话语，温暖的行动，甚至无私的援助，帮我挺过难关。我视三年的高原生活和工作为修行。高原的孤独和寂寞的环境，让我静心寻找以往为人处世中的瑕疵、工作中的纰漏、生活中的弊端，以便“毕业”后，克服不足，发扬长处，不断修炼完善自己。这部作品也是对亲朋好友的感恩之作。

感谢高原让我生活工作中的欲望慢慢减少！感谢高原让我更加热爱生活！感谢高原让我融入了自然！三年的海北州工作和生活，当地州委、州政府领导尽最大能力支持关心，特别是州纪委各位领导和干部职工，从工作上为我们提供了宽松的平台，放手信任，支持工作。我和他们结下了浓浓的感情！更被他们常年坚持在恶劣的环境中扎实工作，为党和国家毫无怨言的付出感动！为他们在三年中对我工作上的支持，对我生活上无微不至、周到细致的关怀表示真挚的谢意。对三年患难与共的 26 名援青干部，此作品是在海北州三年工作生活的纪念之作。